AF143612

Édition : BoD · Books on Demand, 31 avenue Saint-Rémy, 57600 Forbach, bod@bod.fr
Impression : Libri Plureos GmbH, Friedensallee 273, 22763 Hamburg (Allemagne)

Loi n°49-956 du 16 juillet 1949 sur les publications destinées à la jeunesse

ISBN : 978-2-3225-2246-0
Dépôt légal : mai 2024

Un amour aux temps gallo-romains

Du même auteur

- **Le citron et autres agrumes** - Éditions Eyrolles

- **Savon de Marseille et autres savons naturels** - Éditions Eyrolles

- **Laits animaux et végétaux** (co-auteur) - Éditions Eyrolles

- **La permaculture en appartement** - Éditions Jouvence

- **Chic, des « mauvaises » herbes dans mon jardin !** - Éditions Jouvence

- **Prendre soin de ses poules avec Papy Nounn** - Éditions Jouvence

- **Chatons abandonnés, comment en prendre soin ?** - Éditions Jouvence

- **Photographe Nature, une passion, un métier** - Éditions B.O.D.

Aventures jeunesse - Éditions B.O.D.

- **S.O.S. Écureuils** (tome 1)

- **S.O.S. Abeilles : Inès s'en m(i)êle !** (tome 2)

- **Moineau sans abri : Inès piaffe d'impatience** (tome 3)

Christine Virbel Alonso

Un amour aux temps gallo-romains

À ma divine Inès

et au talentueux Magnus

de cette histoire qui a bien dû exister.

Les membres de la famille gauloise

(Les Gaulois sont des Celtes)

Arios : forgeron, né à Salera Briva[1] en 72 avant J-C.

Vénitouta : cheffe de famille et femme d'Arios née en 70 avant J-C à Salera Briva.

Cengolatius : bronzier, fils d'Arios et de Vénitouta, né à Salera Briva en 50 avant J-C.

Aresagia, femme de Cengolatius, née en 48 avant J-C à Avara[2].

Appia, fille d'Arios et de Vénitouta, née à Salera Briva en 49 avant J-C.

Magnus : orfèvre, fils de Cengolatius et d'Aresagia, né à Salera Briva en 32 avant J-C.

Cernos : petit frère de Magnus, né en 20 avant J-C à Salera Briva.

(1) Salbris

(2) Avara en Celte puis Virsionis en latin : Vierzon

Les membres de la famille romaine

Cuadru Quintus : riche marchand spécialisé dans l'import-export, né à Rome en 47 avant J-C, venu s'installer à Salera Briva pour commercer depuis les nouveaux territoires de l'Empire romain.

Histia : femme de Cuadru Quintus, née à Antium sur la mer Tyrrhénienne au Sud de Rome en 45 avant J-C.

Inesa : fille de Cuadru Quintus et d'Histia, née à Massalia* en 30 avant J-C.

Servus Aegyptus : esclave égyptien arrivé à Rome à l'âge de 4 ans en 47 avant J-C.

* Marseille

Chapitre 1

Un travail important à finir

Le coq du poulailler familial commençait à chanter quand Magnus sortit de la maison. En ce petit matin de début juin, l'air était doux et embaumait l'herbe mouillée par la rosée. Magnus s'était levé un peu plus tôt que d'habitude car il devait terminer un bijou incrusté de corail pour un client romain qui passerait dans l'après-midi. À dix-sept ans, le jeune homme avait déjà dix ans d'expérience dans le métier d'orfèvre et sa réputation dépassait largement les limites de Salera Briva* où il habitait avec sa famille. C'est son père, Cengolatius, qui lui avait conseillé de choisir ce métier lorsque Magnus était devenu un homme, à six ans, et qu'il l'avait pris en apprentissage dans son atelier de bronzier. Cengolatius avait tout d'abord montré à son fils ses réalisations : des clefs, faciles à tenir en main pour un petit garçon de cet âge, et des cruches pour la

* Salbris

cervoise que l'on buvait chaque jour à la maison. Il lui avait aussi montré les oenochoés, des pichets bombés au col resserré utilisés par les Romains pour puiser dans une grande vasque du vin coupé à l'eau salée que l'on versait ensuite dans des coupes. Le vin était déjà connu des tribus gauloises grâce aux échanges commerciaux qui existaient depuis des siècles, d'abord avec les Grecs puis avec les Romains. Mais couper le vin avec de l'eau salée au lieu de le boire pur était devenu un signe distinctif chez les riches Gaulois qui trouvaient très chic de reprendre des habitudes romaines. Cengolatius fabriquait des oenochoés depuis deux années, grâce à la petite forge installée dans son atelier. Pour intéresser son fils, le bronzier avait donc bien fait les choses et quand il avait vu les yeux du garçonnet s'écarquiller devant le travail délicat des objets qu'il lui montrait, il lui avait demandé s'il voulait savoir comment il les fabriquait. Magnus avait acquiescé immédiatement. Cengolatius lui avait alors expliqué les étapes de la fabrication. Bien-sûr, le garçonnet n'avait pas le droit de toucher à la forge, car c'était trop dangereux. Mais dès les premières semaines de son apprentissage, Cengolatius demanda à son fils d'exécuter des petites tâches et il s'aperçut que Magnus était très doué et pouvait composer des dessins très fins sur les moules dans lesquels il faisait couler l'alliage. A la fin de son apprentissage, un an plus tard, Magnus connaissait toutes les étapes de la fabrication et pouvait réaliser presque toutes les pièces fabriquées par son père. En guise de cadeau signifiant la fin de la formation du garçon, Cengolatius lui avait proposé de décorer comme il le souhaitait toute une ligne d'objets de table. Magnus avait fait, comme on dit, un véritable « travail d'orfèvre ». Les pièces s'étaient vendues comme des petits pains et les clients demandaient si de nouveaux services de table seraient prochainement disponibles ! Cengolatius comprit alors que son fils avait de l'or dans les mains et lui proposa de s'associer à lui en se spécialisant dans la fabrication des objets les plus délicats et aussi de bijoux. Magnus pourrait chauffer seul les métaux précieux sur un minuscule feu, sans risque. Pour des objets plus imposants, Cengolatius pourrait les couler sur sa forge et les vendre à un prix modique à son fils. Ainsi, Magnus s'était lancé dans la fabrication de bracelets torsadés et de torques, ces imposants colliers souvent terminés par deux boules lisses ou décorées. Il en fabriquait de simples en fer, pour les clients peu fortunés mais désireux de paraître à leur avantage lors de fêtes ou de mariages. Magnus s'arrangeait pour les tresser finement et s'il ne les ornait pas, il pratiquait des petits trous tout autour de chaque boule pour donner un style plus travaillé et donc plus noble à l'objet. Pour les clients très fortunés, le jeune homme pouvait réaliser des bijoux en or, parfois ornés de façon un peu trop ostentatoire à son goût comme lorsqu'un commerçant gaulois particulièrement fier de sa réussite lui avait commandé un torque sur lequel devaient ressortir des pointes de lances (arrondies pour ne pas se blesser) en alternance avec des formes tarabiscotées et plates ! L'ensemble était lourd, peu harmonieux et très cher. Le client avait été enchanté du résultat car tout le monde comprenait en voyant ce bijou que son propriétaire n'avait pas regardé à la dépense pour le faire fabriquer. C'est donc qu'il pouvait se le permettre !

- *J'aime bien les lances mais pas les espèces de nuages aplatis*, avait déclaré Arios, le grand-père de Magnus, venu voir les réalisations de son petit-fils dans son atelier. Arios était forgeron et tout le monde le craignait un peu à Salera, sauf sa femme Vénitouta. Il faut dire que l'homme était très impressionnant avec ses muscles d'airain, sa voix d'ogre et une force de taureau. Sa forge près de la rivière était énorme et crachait le feu jour et nuit. Arios y frappait les métaux avec une masse aussi lourde que la massue du demi-dieu Hercule, dans un bruit et une chaleur d'enfer. Le forgeron avait fait la guerre lorsque Jules César avait envahi le territoire celte situé entre la mer et les Alpes, qu'il avait appelé la Gaule, trente-sept ans auparavant. Arios allait à la bataille torse nu, ne craignant personne. On lui avait décerné un torque d'or en signe de reconnaissance de sa bravoure qu'il avait porté lors des batailles suivantes pour impressionner les ennemis et servir de modèle aux autres combattants des Bituriges, nom de sa tribu. Mais après plusieurs combats, son chef lui avait expliqué qu'il serait dorénavant plus utile à la forge que sur le champ de bataille, car les armes étaient aussi importantes que le courage et il en fallait beaucoup. Têtu et voulant montrer sa vaillance, Arios avait encore participé à plusieurs combats avant de retourner à sa forge. La guerre s'était ensuite déplacée plus loin vers le Nord. Il avait alors travaillé jour et nuit pour fabriquer des épées pour les autres clans gaulois, pour les Carnutes notamment, dont il disait pourtant qu'ils étaient « de sacrés crâneurs* » ! Enfin, la guerre avait cessé. Les Romains, vainqueurs, n'avaient cependant pas imposé tant de changements que cela dans la vie des gens, alors les Gaulois les avaient acceptés, trouvant leur intérêt à commercer avec eux. Des Romains vivaient donc dans le village ou dans de grandes propriétés agricoles, les villas, fournissant des denrées alimentaires en abondance aux villages alentour. De leur côté, les Romains appréciaient les tissus aux couleurs vives des Gaulois dont les fils étaient teints avant d'être tissés, contrairement aux étoffes romaines, ce qui permettait de créer des habits avec des motifs variés. Ils admiraient également les inventions gauloises, comme la moissonneuse, poussée par un âne, ou la brouette qu'ils leur achetaient en grandes quantités pour les revendre en Italie et dans les autres provinces de la République puis de l'Empire.

* Les tribus celtes en Gaule ne s'entendaient pas toujours très bien entre elles.

Au fil des ans, les nouveaux venus romains s'étaient intégrés à la communauté gauloise et lui avaient aussi fait découvrir de nouvelles denrées, comme l'huile d'olive déjà consommée sur la côte Méditerranéenne avant la conquête de Jules César, grâce au commerce international. Les Romains avaient aussi montré aux Gaulois comment ils fabriquaient des maisons en pierre au toit de tuiles et ces derniers, pragmatiques, s'accordaient à dire que ces maisons dureraient des siècles, alors que les maisons de bois au toit de chaume gauloises devaient être renforcées après quelques années seulement.

Même si la nouveauté ne lui faisait pas peur, Arios avait décidé de rester fidèle à la cervoise et au saindoux, pour honorer les traditions celtes ancestrales, surtout lorsqu'il avait vu des Romains porter des torques à leur tour, pour honorer leurs propres soldats ou pour en faire un ornement de luxe. En revanche, le fils d'Arios, Cengolatius, influencé toute son enfance par les moeurs romaines, appréciait ouvertement les denrées et le style de vie des conquérants, notamment les bains. Afin de faciliter les échanges commerciaux et les actes administratifs, il avait romanisé son prénom, passant de Escegolatius à Cengolatius. Pour Magnus, né sous l'Empire romain qui donnait dorénavant la nationalité romaine à ses sujets même hors d'Italie, le vin, l'huile ou les bains ne constituaient plus de nouveautés. Ils faisaient partie de sa vie depuis toujours. Le jeune homme portait d'ailleurs un prénom romain, ce qui lui semblait tout à fait normal. Il respectait les origines de ses parents et de ses grand-parents, mais lui était romain et parfaitement intégré.

En ce matin de juin, Magnus ne pensait pas à tout cela en entrant dans son atelier. Il avait un travail à finir et voulait que le résultat soit parfait. Une fois le bijou terminé et la vente réalisée, il pourrait se permettre de réfléchir à de nouvelles parures ou à de nouveaux accessoires comme de luxueuses fibules, des broches servant à tenir les vêtements, qui plairaient aussi bien aux riches Gaulois qu'aux Romains fortunés. Magnus se concentra donc sur sa tâche et il venait de mettre un point final à son bijou lorsque son petit frère de cinq ans, Cernos, déboula dans l'atelier.

- *Maman dit que tu dois venir manger, Magnus.*

- *J'ai justement fini. Mais dis-moi, Cernos, lorsque je suis parti travailler ce matin, tu dormais encore, n'est-ce pas ?*
- *Oui Magnus.*
- *Tu me vois donc pour la première fois aujourd'hui.*
- *Oui Magnus*, répondit le garçonnet qui commençait à comprendre où son grand frère voulait en venir et baissait déjà les yeux.
- *On ne t'a donc pas appris la politesse ?*
- *Si Magnus.*
- *Alors que dit-on quand on voit une personne pour la première fois de la journée ?*
- *On dit bonjour.*
- *Exactement. Alors, j'attends.*
- *Salvé Magnus*, prononça Cernos à voix basse.
- *Salvé Cernos*, répondit Magnus.

Et comme ce dernier ne voulait pas vraiment gronder son petit frère, maintenant que celui-ci lui avait dit bonjour, Magnus s'écria :

- *On fait la course ? Le premier arrivé aura un verre de vin ce midi !*

Retrouvant sa gaité naturelle, le petit garçon se mit à courir comme un fou pour arriver le premier à la maison. Celle-ci se trouvait à quelques mètres seulement des ateliers et de la rivière en suivant la voie romaine*. Magnus resta derrière son petit frère volontairement pour le laisser gagner.

---

*Passant impasse de la Cure et sous l'actuelle rue du Berry.

Chapitre 2

Mère, fille et bru* pour diriger la famille

Vénitouta était une femme assez menue, mais tous les membres de sa famille s'accordaient à dire qu'elle avait un caractère « affirmé », ce qui était un compliment. Sa gestion de la maison, de l'esclave qui s'occupait des animaux de la ferme, des fournisseurs et des artisans pour effectuer d'éventuelles réparations sur la maison et sur les bâtiments annexes était parfaite. Arios était son second mari. De son premier mariage, à quinze ans, elle avait eu un garçon et une fille, âgés de vingt-trois et vingt-et-un ans et mariés depuis plusieurs années. Comme cela arrivait parfois chez les Gaulois, Vénitouta avait été déçue de son premier mari, Agur, plus soucieux de sa personne que de sa femme et de ses enfants. Lorsque Jules César était arrivé avec ses troupes disciplinées, Agur avait déclaré que la guerre n'était pas pour lui.

* Mot wisigoth qui a remplacé le mot gaulois désignant *la fiancée* et qui est resté dans la langue française.

Vénitouta ne « l'estimant » plus, comme il disait, il avait décidé de partir vers le sud, au bord de la mer, où les Romains vivaient en paix avec les tribus gauloises qui s'y trouvaient. Alors Vénitouta l'avait répudié et s'était occupée de tout, à son habitude. Comme elle souhaitait se remarier, elle avait discrètement réfléchi aux hommes célibataires du village et le forgeron Arios avait retenu son attention. Il était fort, courageux, craint aussi, ce qui garantissait que peu de voisins oseraient leur chercher querelle si elle fondait une famille avec lui. Elle l'aborda le soir où il rentrait à Salera Briva ayant livré toutes les batailles qu'il avait pu avant de devoir retourner à sa forge. En lui offrant du pain et de la viande de boeuf bouillie servis dans un plat en céramique, elle lui dit :

- *Tu n'as pas été tué à la guerre, Arios, c'est donc que les dieux sont avec toi. Si tu n'as pas encore mangé, voici de quoi reprendre des forces.*
- *Merci, femme.*
- *Tu peux m'appeler Vénitouta.*
- *Pourquoi m'offres-tu à manger ?*
- *Pour te remercier d'avoir défendu la tribu. Mais j'ai aussi une proposition à te faire. J'ai répudié mon mari qui n'était qu'un couard et un paresseux. Si tu*

cherches une épouse et désires profiter de mon foyer, alors je veux bien de toi. Mais je te préviens, je suis autoritaire et tu devras faire ta part, même si je pense déjà que tu la feras. Prends ton temps avant de me répondre. Je t'apporterai à dîner chaque soir et dans une semaine tu me donneras ta réponse. Entendu ?

- *Entendu,* répondit Arios qui trouvait plaisant qu'une femme pensât à lui comme possible mari, alors que les filles du village évitaient habituellement de l'aborder en raison de son air farouche.

Tous les soirs de la semaine, Vénitouta apporta à dîner à Arios, en prenant soin de varier les menus pour lui montrer l'étendu de ses compétences culinaires. Elle avait toujours un mot gentil pour lui, mais sans plus, soucieuse de lui montrer qu'elle n'était pas de celles qui minaudent pour conquérir un homme. Dès le troisième soir, Arios attendait avec impatience la venue de Vénitouta, d'abord parce qu'il avait faim, mais aussi parce qu'il la trouvait à son goût et qu'il devinait une femme chaleureuse derrière un caractère bien trempé. Après tout, pensait-il, il travaillait les métaux à longueur de journée. Il saurait bien composer avec une femme à la volonté de fer… À la fin de la semaine, il lui dit qu'il était d'accord pour devenir son mari et, pour lui montrer qu'il était responsable et désireux d'apporter sa contribution au ménage, il lui dit qu'il lui confectionnerait une batterie de couteaux indestructibles, des forces* ainsi qu'une serpette adaptée à sa main pour cueillir herbes ou fruits avec assurance et facilité. Prétextant avoir besoin d'estimer les dimensions de la serpette de sa future épouse, Arios demanda à Vénitouta de poser sa main sur un rond de bois clair pour en dessiner le contour à l'aide d'un morceau de charbon de bois. Ce premier contact physique, en effleurant les doigts de sa belle, l'émut plus qu'il n'y laissa paraître. Il en fut de même pour Vénitouta qui n'en dit rien non plus. Grâce à ce petit subterfuge, le jour du mariage, Arios put offrir une bague à la taille exacte du doigt de son épouse, en plus des couteaux, des forces et de la serpette. Deux mois après le mariage, Vénitouta attendait un nouvel enfant, Cengolatius, aujourd'hui marié à Aresagia et père de Magnus et de Cernos. Un an plus tard, elle donnait le jour à une adorable petite fille, nommée Appia.

Quand Magnus franchit le pas de la porte

* Anciens ciseaux à larges lames.

de la maison, tout le monde était déjà à table. Le jeune homme se passa les mains dans une bassine en bois remplie d'eau à cet effet puis alla s'asseoir près de son père. Pour dîner, Vénitouta avait servi du boeuf séché accompagné de miel, du mouton, de la mâche sauvage et en dessert des noisettes grillées. Aresagia, la bru de Vénitouta, avait mis la table et coupé de larges tartines de pain pour chacun qui leur servaient d'assiettes. Appia s'était occupée de la cervoise et du vin. La fille de Vénitouta était mariée et cheffe de famille depuis plusieurs années. Elle habitait en sortie de Salera Briva, mais elle rendait régulièrement visite à ses parents pour le plaisir de passer un moment avec eux, de son frère, d'Aresagia et de ses neveux. Lorsque Vénitouta serait trop âgée pour gérer la maisonnée, Aresagia prendrait la relève et s'occuperait de tout ainsi que de sa belle-mère, mais comme Cernos était encore petit et dans ses jupes, Vénitouta s'occupait du principal et sa bru l'assistait simplement. Lorsque Cernos deviendrait un homme, dans six mois, Aresagia se verrait confier de plus en plus de responsabilités jusqu'à prendre la place de cheffe de famille.

- *C'est bien, tu as fait vite à rentrer, Magnus,* fit remarquer Vénitouta.
- *Je venais de terminer mon bijou quand Cernos est venu me chercher.*
- *Quel bijou ?* demanda Cengolatius
- *Une bague incrustée de corail pour un client romain.*
- *Ah, ces Romains, toujours aussi vaniteux,* déclara Arios.
- *C'est toi qui dis ça. Je te rappelle que tu portes toujours le torque qu'on t'a décerné à la guerre,* précisa Vénitouta.
- *Cela n'a aucun rapport. C'est le signe que j'ai défendu ma tribu, mon peuple.*
- *Oui, mais c'était il y a longtemps, grand-père,* dit Magnus, *maintenant on est bien content de faire des affaires avec les Romains et je suis moi-même romain, tu le sais bien.*
- *On aurait très bien pu faire du commerce sans faire la guerre. Si seulement les Helvètes n'avaient pas voulu occuper le territoire des Éduens, César ne serait pas intervenu. Je l'ai toujours dit, les Romains ont gagné car nous n'avons pas su nous entendre entre tribus celtes alors qu'on parlait à peu de choses près la même langue et que nous avions les mêmes coutumes, depuis les Brigantes**

* Irlande actuelle.

à *celui des Galates**.

- *Tu ne peux pas refaire l'histoire, Arios,* dit Vénitouta. Cengolatius ajouta :
- *Et les Romains nous ont apporté la paix depuis de nombreuses années, ainsi que de nouvelles denrées, le vin salé, les bains...*
- *C'est entendu,* coupa Vénitouta, *parlons d'autre chose maintenant. J'ai...*
- *Eh bien moi, je n'en veux pas de leur vin salé,* ajouta malgré tout Arios. *Je resterai fidèle à ma cervoise ancestrale, oui ancestrale, et au vin pur !*
- *Qu'est-ce que j'ai dit !* s'emporta Vénitouta, *on ne parle plus politique maintenant. Ce ne sont pas des gringalets comme vous qui vont faire régner la loi dans ma maison !*
- *Des gringalets ? r*épéta Arios de sa voix puissante, *des gringalets ? Tu vas voir si je suis un gringalet,* dit-il en se levant soudain de table et en se dirigeant vers sa femme.

Tout le monde regardait Arios se diriger vers Vénitouta. Cernos s'était rapproché d'Aresagia, apeuré et ne sachant pas ce qui allait arriver à sa grand-mère. Il n'avait pas vu se dessiner un sourire sur les lèvres d'Arios qui se levait de table.

* Turquie actuelle.

Le forgeron voulant montrer à tous qu'il était encore un sacré gaillard malgré son âge, souleva sa femme dans les airs et lui colla deux baisers sur les joues. Tout le monde se mit à rire en voyant Vénitouta se débattre pour essayer de se libérer des bras de son mari en lui donnant des tapes sur la tête et les épaules qu'Arios ne semblait même pas remarquer. Ayant compris que son grand-père n'était pas véritablement en colère, Cernos éclata d'un rire cristallin qui fit tourner tous les regards vers lui. Vénitouta en profita pour échapper à son mari, heureuse malgré tout que celui-ci lui témoigne encore des signes d'affection, et ce devant ses enfants et petits enfants. La soirée se termina dans la bonne humeur. Juste avant d'aller se coucher, Appia servit une tisane de tilleul* pour que chacun profite d'un sommeil réparateur et démarre la journée suivante en grande forme.

* Les noisetiers et les tilleuls faisaient partie du paysage gaulois.

Chapitre 3

Une nouvelle cliente pour Magnus

Deux semaines s'étaient écoulées depuis le repas de famille où Arios avait fait semblant de se fâcher et chacun travaillait à sa tâche. Magnus réalisait des tests pour accrocher des pendentifs de boucles d'oreille de la manière la plus fine possible. Il voulait donner l'impression que les boucles flottaient dans les airs, sans que l'attache ne se casse facilement pour autant. Il se dit qu'en tressant des fils très fins, ils seraient à peine visibles tout en se renforçant les uns avec les autres. En relevant un instant les yeux de son travail minutieux, il aperçut deux Romaines qui se dirigeaient vers son atelier, accompagnées de leur esclave. On ne voyait pas vraiment le visage de la première femme car elle avait relevé un pan de tissu sur sa tête, signe qu'elle était mariée et de bonne condition sociale. La deuxième femme, plus jeune, allait tête nue mais Magnus ne distinguait pas bien sa coiffure ni son visage d'aussi loin. L'esclave qui les accompagnait servait à la fois de protecteur en cas d'agression et de chaperon. Contrairement aux femmes gauloises, les femmes romaines n'avaient pas la même liberté ni les mêmes responsabilités. Elles dépendaient de leur mari et devaient se comporter de façon réservée et digne lorsqu'elles sortaient pour que le chef de famille soit considéré comme quelqu'un de respectable. Consciente d'appartenir au peuple des vainqueurs, elles n'étaient pas timorées pour autant. La femme mariée entra la première dans l'atelier de Magnus, l'esclave derrière elle. Âgée d'environ trente-cinq ans, elle était encore bien jolie pour une personne très certainement déjà grand-mère. Magnus n'arrivait pas à voir la deuxième Romaine, située derrière l'esclave. Il se leva pour accueillir comme il se devait la potentielle cliente et lui dit :

- *Salvé mea dominam*.*
- *Salvé orfèvre,* dit-elle en se découvrant. *Je suis la femme de Cuadru Quintus, le marchand. Je m'appelle Histia.*
- *Je m'appelle Magnus. Bienvenue dans mon atelier.*

* Bonjour Madame (ou ma dame) en latin.

- *Je viens te* voir car ma fille aura quinze ans à la fin du mois et mon mari et moi souhaitons lui offrir une parure de bijoux. Ta réputation n'est plus à faire. Peux-tu me montrer tes réalisations ?*
- *Bien-sûr,* répondit Magnus, *tu as une idée un peu plus précise de ce qui ferait plaisir à ta fille ?*
- *Demandons-lui ! Inesa, viens par ici, s'il te plaît.*

L'esclave s'écarta pour laisser passer la jeune fille. Lorsque Magnus la vit, il se figea, stupéfait. Un peu plus grande que sa mère, Inesa ressemblait plus à une princesse celte qu'à une Romaine. Elle arborait une longue et épaisse chevelure ondulée dont la couleur hésitait entre le châtain clair et le roux, en fonction de la lumière. Son visage exprimait une extrême douceur et le sourire qu'elle fit à Magnus, en s'approchant pour le saluer, le fit littéralement fondre d'extase. Magnus se dépêcha de saisir le premier bijou qui lui tomba sous la main pour masquer son trouble. Dans sa précipitation, il saisit un large torque pour homme... Se retenant de rire, Histia lui fit remarquer qu'elle désirait plutôt

* Le « vous » de politesse n'existait pas encore.

quelque chose d'un peu plus discret pour sa fille. De son côté, Inesa s'était rapprochée de la table de travail de Magnus et saisit une des boucles d'oreille qu'il mettait au point.

- *Regarde, maman, ces boucles sont très jolies et finement attachées*, dit-elle.

Puis s'adressant directement au jeune orfèvre, elle ajouta :

- *Leur forme est singulière. Comment t'en est venue l'idée ?*

- *Je me suis inspiré des perce-neiges. Ces fleurs doivent être un peu magiques pour apparaître alors que la neige couvre encore le sol et que la nuit compte plus d'heures que le jour.*

- *Il me semble que tes bijoux le sont aussi !* répondit Inesa. *Puis-je les essayer ?*

- *Bien-sûr !*

Inesa prit l'une des boucles d'oreille délicatement et essaya de glisser le fermoir dans le petit trou de son oreille. Comme elle n'y parvenait pas, Magnus proposa de l'aider en jetant un coup d'oeil à Histia pour savoir si elle l'autorisait à le faire. Histia acquiesça, n'y voyant pas un geste déplacé mais un acte d'expert. En s'approchant d'Inesa, Magnus se rendit compte que la peau de la jeune fille était très fine car Inesa avait baissé les yeux, un peu gênée d'être si proche d'un inconnu, et il pouvait voir de fines veines bleues sur la peau de ses paupières. En se concentrant sur l'attache de la boucle d'oreille, il remarqua aussi que la chevelure d'Inesa comportait des cheveux blonds aussi brillants que des fils d'or ainsi que des cheveux plus épais, plus foncés et frisés. C'était donc le mélange des fils d'or et des cheveux foncés qui donnait à la belle cette chevelure ondulée et de couleur changeante ! Magnus se détourna un instant d'Inesa pour prendre la seconde boucle d'oreille. Il s'approcha à nouveau d'elle pour lui mettre et ses yeux s'arrêtèrent cette fois-ci sur la bouche de la jeune fille. Elle était délicatement dessinée et la lèvre inférieure légèrement ourlée. Comme il avait fini d'accrocher la boucle, Inesa releva les yeux. Ils étaient couleur noisette, éclaboussés d'or eux-aussi. Par la grâce qui émanait d'elle, Inesa semblait divine. Oui, divine. C'était le mot. Magnus alla chercher un plat en métal poli qui faisait office de miroir pour qu'Inesa puisse se contempler avec les boucles d'oreille. Au petit hochement de tête qu'elle fit en se voyant, Magnus comprit qu'elle était satisfaite du résultat. Les boucles lui plaisaient et lui allaient bien. Elle se tourna vers sa mère pour avoir son avis.

- *Tu es ravissante et les boucles semblent flotter devant tes cheveux,* dit Histia.

Inesa jeta un coup d'oeil à l'esclave qu'elle considérait comme un membre de sa famille plutôt qu'un serviteur, celui-ci l'ayant vue naître. L'esclave lui sourit, touché de voir que la petite Inesa était devenue une si belle maîtresse.

- *Peux-tu me faire un collier assorti ?* demanda-t-elle en se tournant vivement vers Magnus ?

- *Tout à fait, mais je dois te reprendre les boucles d'oreilles pour m'assurer que l'attache tiendra correctement. Reviens dans une semaine et tout sera prêt avant ton anniversaire.*

Au sourire ravi qu'Inesa lui fit en entendant ces paroles, Magnus sentit ses jambes devenir molles. Histia dit alors qu'il était l'heure de partir. Elle salua le jeune orfèvre. Inesa lui fit un simple geste de la tête. Histia se couvrit les cheveux et les deux femmes sortirent de l'atelier, l'esclave derrière elles. Magnus s'écroula alors sur sa chaise. Cette visite l'avait exténué et il ne comprenait pas pourquoi. Soudain, ce fut très clair dans son esprit : il était follement amoureux !

Chapitre 4

Savoir ce qui est le plus important

Cuadru Quintus était un riche marchand spécialisé dans l'import et l'export de produits romains et gaulois. À trente-deux ans, c'était un homme averti et comblé. Il était né à Rome, s'était marié avec Histia puis avait vécu un temps à Massalia* où Inesa était née. La ville sur la mer avait été fondée six cents ans auparavant par des colons grecs venus de Phocée et le commerce y fleurissait depuis cette époque. Autant dire que la concurrence entre marchands était rude, les clients connaissant tout ce qui pouvait se vendre et ayant déjà chez eux tout ce dont ils avaient besoin. Les nouveaux territoires de l'Empire, situés plus au Nord, étaient pacifiés depuis une décennie. Cuadru Quintus avait donc décidé d'aller s'installer dans une bourgade qui disposait d'un pont sur la rivière : Salera Briva. S'il y avait un pont, c'est que le cours d'eau devait être assez large pour transporter des marchandises.

* Marseille

L'endroit était aussi idéalement situé, entre Avaricum* et une autre ville sur un large fleuve, à une journée de marche au nord de Salera Briva. Il allait donc faire profiter aux habitants de ces territoires des bienfaits de la civilisation romaine en leur vendant des biens et des denrées en provenance de son pays natal et de plus loin encore, tout en prenant une commission pour lui au passage. Le marchand ne s'était pas trompé. Il était le seul de la bourgade et des alentours, mais il n'était pas le seul Romain. Deux autres familles s'étaient également installées à chaque extrémité de Salera Briva, possédant chacune une villa qui produisait diverses cultures qu'elles vendaient aux habitants. La bourgade était vivante et de nombreux artisans gaulois en faisaient battre le coeur. Cuadru Quintus se sentait bien dans ce petit coin du monde où il prospérait, entouré de sa femme et de sa fille, sans oublier son esclave égyptien Servus, de quatre ans son aîné, qu'il payait et considérait presque comme un frère. C'est d'ailleurs parce qu'il avait une totale confiance en lui que le marchand s'absentait de nombreuses semaines par

* Bourges, l'autre ville étant Cenabum (Orléans).

an, toujours en quête de nouveaux produits à acheter et à vendre. Le plus souvent, il retournait à Rome, puisque tout les chemins y menaient, tout comme s'y trouvaient les denrées du monde connu à cette époque. Il en profitait pour rendre visite à ses parents et amis puis repartait avec de nouveaux produits qu'il ramenait à Salera Briva, soit pour les vendre aux habitants de la région, soit pour leur demander de les copier et d'en fabriquer, comme les oenochoés qu'un certain Cengolatius confectionnait aujourd'hui dans son atelier de bronzier. Le marchand était judicieux car il montrait un modèle le plus basique qui soit puis laissait opérer l'imagination des producteurs locaux pour produire des pièces décorées « à la gauloise ». Elles se revendaient très bien à Rome lorsqu'il y retournait, grâce à leur côté « exotique » pour les Romains. Ensuite, pour ne pas faire concurrence à ses fournisseurs gaulois, Cuadru Quintus ne vendait plus les produits romains fabriqués par les artisans de la bourgade. À lui de proposer ce qu'on ne pouvait pas obtenir ou fabriquer ici, comme l'huile d'olive ou le vin. Ces denrées représentaient le fonds de commerce de Cuadru Quintus, car elles étaient consommables et sans cesse à renouveler. Toutefois, le marchand aimait apporter toujours plus de produits et de biens romains, pensant sincèrement que le commerce était une sorte de « mission de civilisation » qu'il devait transmettre aux nouveaux peuples de l'Empire.

À dire vrai, les Gaulois forçaient le plus souvent l'admiration de Cuadru Quintus. Ils étaient courageux, travailleurs, fiers et sacrément doués en toutes sortes d'artisanat. Il n'y avait peut-être qu'au niveau de leur habitat qu'ils manquaient de qualification. Rien ne valait, en effet, le béton romain, composé de ciment, de cendres volcaniques et de chaux. Cette dernière permettait au béton de s'auto-réparer* lorsqu'une fissure se formait. Cuadru Quintus ne doutait pas que les monuments romains réalisés avec le plus grand soin tiendraient des siècles. Ils résistaient déjà à des tremblements de terre ! Les Romains surpassaient donc les Gaulois dans ce domaine mais ces anciens « barbares » celtes surpassaient les Romains à d'autres égards. C'est en tirant profit des différences et des points forts de chacun que l'on construit un

* Fait réel encore visible de nos jours.

monde meilleur, pensait-il rêveur devant ses comptes au lieu de se concentrer. Sa femme Histia et sa fille Inesa étaient parties chez l'orfèvre. Il pensait travailler pendant leur absence, mais finalement il avait surtout laissé libre cours à ses pensées. Fixant enfin son attention sur ses calculs, il constata avec satisfaction que ses affaires étaient florissantes. Il fallait vraiment fêter ça ! Il se levait de son bureau quand il entendit les voix joyeuses de sa femme et de sa fille qui rentraient à la maison.

- *Alors, qu'avez-vous acheté mes belles ?* demanda-t-il, curieux.
- *Rien du tout,* répondit Inesa avec un grand sourire.
- *Rien ! Mais je croyais que cet orfèvre faisait des merveilles,* s'étonna Cuadru Quintus.
- *C'est justement pour cela que nous n'avons rien acheté. C'était en dehors de tes moyens, mon cher père !*
- *En dehors de mes moyens ? Tu plaisantes Inesa, je suis le marchand le plus riche de la région !*
- *Oui, papa, je plaisante. Je voulais juste te taquiner ! L'orfèvre fait de très beaux bijoux. J'ai essayé une paire de boucles d'oreilles dont l'attache était si fine qu'on avait l'impression que le pendentif tenait*

seul dans les airs ! C'était presque magique !

- *C'est vrai,* renchérit Histia.
- *La forme des boucles était très délicate et quand j'ai demandé comment il y avait pensé, l'orfèvre m'a répondu qu'il s'était inspiré du perce-neige, tu sais la première fleur en longue clochette qui sort dès que les jours rallongent ! Je lui ai ensuite demandé s'il pouvait confectionner un collier assorti et il a dit oui ! On doit y retourner bientôt !*

Cuadru Quintus jeta un coup d'oeil à Servus qui était resté silencieux jusque-là. L'esclave fit un signe de tête qui indiquait qu'Inesa disait vrai et que le travail de l'orfèvre était de qualité. Comme Cuadru Quintus voulait se faire sa propre opinion, il répondit :

- *j'irai avec toi voir ce que fait cet artisan, Inesa, et on verra si on les prend. Sinon on en trouvera un autre dans une autre ville. J'en connais. Mais pour l'instant, ce n'est plus le moment d'en parler. Il faut en revanche qu'on aborde un sujet important pour toi. J'en ai déjà discuté avec ta mère. Tu auras quinze ans à la fin du mois, il va falloir sérieusement penser à te marier ma fille.*

À ces mots, Inesa se crispa. Elle n'avait aucune envie d'épouser un riche marchand ou un militaire de carrière. À vrai dire, les hommes adultes la dégoûtaient un peu, avec leurs poils, leur odeur puissante et leur besoin de montrer leur autorité sur les autres, et en premier lieu sur leur femme. Inesa aimait son père car il avait toujours été gentil avec elle. Depuis toute petite, elle savait comment l'aborder et arriver à ses fins, souvent avec l'appui discret de sa mère. La seule chose qu'elle pouvait lui reprocher et dont elle souffrait un peu, c'était ses longues absences lorsqu'il partait en voyage d'affaires, même s'il lui ramenait un cadeau à chaque fois. Les paroles de son père l'angoissèrent beaucoup. Qui allait-il choisir pour elle ? Un homme riche à n'en point douter, étant donné le niveau social de sa propre famille, mais qui disait riche, disait souvent homme déjà âgé... Inesa lança un regard suppliant à sa mère pour lui signifier son désarroi. Histia esquissa un léger sourire pour lui dire qu'elle comprenait sa peur et qu'elle ferait ce qui serait en son pouvoir pour orienter le choix de son père vers la meilleure personne pour elle. Il faudrait agir finement car son mari n'était pas homme à se laisser manipuler ou voir son autorité remise en question. Ce n'était pas non plus l'objectif d'Histia qui avait confiance en lui et en son jugement. Afin de faire baisser la tension palpable dans l'air et l'angoisse de sa fille, elle demanda à Cuadru Quintus :

- *Et toi, mon cher, es-tu satisfait de tes comptes ?*
- *Tout à fait, d'ailleurs je pourrai t'offrir un nouveau bijou à toi aussi, ma femme. Après tout, pourquoi est-ce que je m'active autant si ce n'est pour vous rendre heureuses toi et Inesa ? Et puis, plus on t'admire, plus je suis reconnu !*
- *Pourtant, tu sais que ce n'est pas ce qui compte le plus pour moi. Nous sommes loin de chez nous et nous formons une toute petite famille ici, alors pour moi le plus important est que nous restions en bonne santé et que nous nous aimions toujours,* répondit Histia avec une grande sincérité.
- *Tu as raison, ma femme. Viens dans mes bras. Toi aussi Inesa. Le confort et la richesse sont importants mais vous deux, vous êtes mes vrais trésors.*

Histia et Inesa se blottirent dans les bras de Cuadru Quintus. Quelle chance ils avaient de s'aimer si fort ! Mais pour ne pas tomber dans la sensiblerie dont on lui avait appris qu'elle ne convenait pas à un homme, Cuadru Quintus se détacha des deux femmes et déclara :

- *Mes affaires sont excellentes. Je veux que nous organisions un dîner avec nos relations les plus proches pour la fête de la Fors Fortuna, notre divinité de la bonne fortune. Ce sera aussi l'occasion de fêter l'anniversaire d'Inesa. Qu'en dis-tu ma fille ?*
- *Optime*, papa !*

* Très bien en latin.

Chapitre 5

À trois sur un lit pour dîner

Histia avait donc du travail d'organisation à faire. Elle devait vérifier si les lits* sur lesquels les convives allaient dîner étaient en bon état et s'ils supporteraient le poids de trois invités chacun. Les matelas de crin et de paille devraient peut-être être rembourrés ou changés car ils commençaient à se faire vieux et certains étaient devenus un peu trop compacts. Les coussins qui sépareraient chaque personne étaient parfaits, alors il n'était pas utile d'en changer. La maison étant très récente, ce ne serait pas la peine non plus de refaire les peintures ni les tentures du triclinium, la salle de réception avec les lits et la table. Le sol serait juste bien lavé. La table basse où seraient posés les plats ne lui plaisait plus. On y voyait quelques marques. Elle irait donc en acheter une nouvelle chez

---

* Les Romains mangeaient allongés sur des lits, appuyés sur un bras (le gauche pour manger de la main droite, la gauche, *sinistra*, portant malheur et ayant donné le mot « sinistre »).

un menuisier ou demanderait au bronzier d'en fabriquer une, bordée de métal. Côté vaisselle, rien à redire. Les coupes à vin, les oenochoés et la vasque à vin étaient très belles. Elle les adorait. Les grands plats, les saladiers et les coupes à fruits étaient impeccables. Elle devrait acheter un grand plat supplémentaire si le nombre d'invités était important. Ceci étant réglé, il fallait maintenant savoir combien de personnes son mari pensait inviter. Cuadru Quintus était sorti pour affaires mais devait rentrer déjeuner. Elle lui poserait la question lorsqu'il reviendrait. Elle sortit voir Servus qui s'activait au jardin.

- *Dis-moi, Servus, les variétés de plantes ramenées de Massalia ont-elles repris ?*
- *Non, malheureusement, Histia. L'hiver est bien trop froid ici. J'ai arrosé au printemps pour voir si elles repartaient, en vain. Peut-être qu'en protégeant les prochaines plantes avec un drap quand il gèle ou en en faisant pousser certaines en pots que l'on rentrerait dans la maison, nous pourrions les garder.*
- *Bonne idée. Je te laisse nous dire lesquelles et nous irons acheter des pots. J'allais oublier : tu vérifieras l'état des lits pour le dîner de fête. Pense que parmi les invités certains seront peut-être*

corpulents. Je crois que Cuadru Quintus veut inviter le forgeron Arios. Tu le connais, c'est un homme impressionnant. J'aurai le nombre précis d'invités ce midi pour savoir s'il faut plus que trois lits.

Histia retourna à la maison et alla voir ce que faisait Inesa. La jeune fille était dans sa chambre. Elle avait sorti plusieurs boîtes dans lesquelles on pouvait voir des fleurs soigneusement rangées.

- *Elles n'ont presque plus de parfum, maintenant qu'elles ont un peu séché,* dit Inesa en voyant sa mère entrer dans sa chambre.

- *Dépêche-toi d'en retirer des bienfaits en les pilant.*

- *Tu penses au calendula ?*

- *Oui et tu pourras prendre un peu d'huile d'olive pour en faire un macérât. Papa nous en rapportera des frais lors de son prochain voyage. J'ai discuté avec Servus. Si ton père en ramène avec leurs racines, il essaiera de les faire pousser ici en pot.*

- *Merveilleux ! Je pourrai nous faire des crèmes toute l'année.*

- *Toute l'année, sans doute pas car ils ne fleuriront pas en permanence. Mais un macérât se conserve longtemps.*

- *J'y veillerai.*

- Bien, je te laisse à tes préparations. Je t'appellerai quand on déjeunera.

Histia retournait au salon quand Cuadru Quintus apparut sur le pas de la porte d'entrée.

- Déjà ! Tu as fait vite !

- Oui, j'avais juste un point à régler et on a fait affaire tout de suite.

- Bien. Qui comptes-tu inviter pour la fête de la semaine prochaine ?

- J'ai pensé au vieux forgeron et à sa femme. Il sont très respectés dans le village et lui s'est battu avec beaucoup de bravoure, paraît-il, lors de la guerre. C'est toujours bien vu de reconnaître les mérites de ses anciens ennemis. Ensuite, on pourrait inviter le Vergobret* et sa femme et les propriétaires des deux villas et leur femme, mais je ne sais pas si Lugulcos pourra venir car on m'a dit qu'il s'est blessé.

- Si c'est le cas, j'irai le voir avec Inesa et on lui apportera un petit cadeau.

- As-tu pensé à inviter des jeunes car tu as dit que nous fêterions l'anniversaire d'Inesa aussi ? Lugulnos n'a-t-il pas de fils ?

---

* Magistrat d'une ou plusieurs villes élu par les druides (un peu différent du maire d'aujourd'hui).

- Si, il en a trois dont un marié avec la fille d'Aurelius. Les deux beaux-pères sont les deux propriétaires des villas de Salera Briva, ce mariage leur assurait que leurs terres resteraient dans la famille.
- Et les deux autres ont quel âge ?
- Le deuxième a l'âge d'Inesa et le troisième est beaucoup plus jeune. Le deuxième pourrait être un bon parti pour Inesa, s'il veut se lancer dans l'import-export de biens et me seconder. Plus tard, il pourrait prendre ma succession et aurait déjà une large clientèle jusqu'à Rome.
- Invitons-le, dans ce cas, et nous saurons.
- Tu veux inviter les jeunes mariés pour faire leur connaissance ? Ils pourront parler avec Inesa et lui faire quelques confidences sur la vie de couple.
- Oui, bonne idée.
- Cela fait onze personnes. Il faut en inviter une de plus pour que tous les lits soient occupés. Cela dit, s'il manque un invité, ce n'est pas si grave car on pourra mettre le forgeron et sa femme sur un seul lit. Lui est très imposant, il prendra sans doute la place de deux personnes !
- D'accord. Il nous faudra aussi un barde et des danseurs. Je veux que ce soit une

vraie fête et un bel anniversaire. Je te laisse organiser tout cela.

- *Bien-sûr. Compte sur moi !*
- *Et si le fils de Lugulnos convient, on pensera à un mariage d'ici à la fin de l'année.*
- *On voit que tu n'es pas une femme, mon cher mari. Si après sa nuit de noces Inesa porte un enfant rapidement, il serait préférable qu'il naisse aux beaux jours et qu'il ait neuf mois avant l'hiver. Si elle se marie en août, un enfant pourrait naître en mai ou au plus tard en juin. Il faudra donc organiser le mariage avant septembre.*
- *C'est vrai. Nous ne savons que trop ce qui peut arriver à un nourrisson né en hiver...*

Histia baissa les yeux. Elle avait perdu deux enfants après la naissance d'Inesa et elle ne tenait pas à ce que sa fille connaisse une telle disgrâce, un tel malheur. Cuadru Quintus changea de sujet de conversation en ajoutant :

- *Je compte sur toi pour le barde et les musiciens. Célébrons la vie, célébrons la jeunesse d'Inesa, notre bonheur ensemble et la Fors Fortuna !*
- *Tu as raison ! Et maintenant, déjeunons. Je vais chercher Inesa.*

Histia partit prévenir sa fille qu'il était l'heure de passer à table. À l'idée de la fête, elle se sentait déjà pleine d'entrain !

Chapitre 6

Un secours inattendu

Arios était soucieux. Il voyait beaucoup moins bien depuis quelques semaines. Cela faisait déjà des années que sa vue avait baissé, mais surtout pour regarder de près. Maintenant, les choses se compliquaient. Il frappait les métaux moins bien qu'avant et parfois même à côté. Il avait peur aussi de se blesser. Et comme ce que l'on craint arrive le plus souvent, alors qu'il pensait avoir serré suffisamment un morceau de métal rougi par le feu dans un étau, lorsqu'il voulut le saisir avec une pince pour le tordre et lui donner une forme, le morceau de métal bougea. Agissant par réflexe, Arios voulut le retenir de tomber en le repoussant avec sa main gauche et il se brûla tout l'intérieur de la main. Il hurla mais pensa immédiatement à mettre sa main blessée dans le seau d'eau où il plongeait habituellement le métal ardent pour le refroidir. L'eau froide lui fit un bien fou, mais chaque fois qu'il retirait sa main de l'eau, la brûlure redevenait insupportable. Il resta ainsi une heure, agenouillé devant le seau d'eau, la main dans l'eau froide. Régulièrement, il ressortait la main de l'eau pour vérifier si la brûlure était toujours aussi forte. Comme l'heure du déjeuner était passée, il entendit quelqu'un s'approcher de la forge. C'était Vénitouta. Il reconnaissait ses pas.

- *Eh bien, qu'est-ce que tu fais à genoux devant le seau, ça ne va pas ?*
- *Non, ça ne va pas. Je me suis brûlé. Ce n'est pas la première fois que cela m'arrive, mais là c'est plus fort que d'habitude. Dès que je ressors la main de l'eau, j'ai mal.*
- *Alors, tu sais ce que l'on va faire. Tu vas te relever et je vais porter le seau en même temps que tu te redresses pour laisser ta main dans l'eau. Ensuite, nous irons tous les deux à la maison et tu la laisseras aussi longtemps que tu voudras. Je changerai l'eau régulièrement pour la garder fraîche. D'accord ?*
- *Merci ma chérie.*
- *Allez, debout !*

D'une main, Vénitouta aida son mari à se relever tout en soulevant le seau d'eau de l'autre. Lentement, ils se dirigèrent vers leur maison. En marchant, Vénitouta réfléchissait à ce qu'elle allait faire pour soigner la main d'Arios. Il faudrait d'abord attendre que la brûlure s'apaise avant de mettre de la graisse. Mais il faudrait faire attention à ce que la blessure ne s'infecte surtout pas. Elle demanderait à Aresagia de faire bouillir du thym et de mélanger la décoction à l'eau froide du seau. Lorsqu'ils arrivèrent à la maison, tout le monde les attendait pour déjeuner. En voyant Arios la main dans le seau, chacun comprit qu'il s'était brûlé et l'on débarrassa un coin de table pour qu'il puisse poser le seau et manger de l'autre main.

- *Je ne suis vraiment plus bon à rien, par Taranis* !* s'exclama Arios, visiblement déçu de sa maladresse.
- *Cela arrive à tout le monde de se blesser, un moment d'inattention et on se coupe ou on se brûle. Cela m'arrive régulièrement,* tenta de le consoler Vénitouta.
- *Oui, mais je sens bien qu'il va falloir que je passe la main. Je suis trop vieux maintenant.*
- *Trop vieux pour la forge, peut-être, mais je saurai bien t'occuper. J'ai toujours besoin d'aide pour gérer le domaine.*

* Dieu gaulois du tonnerre.

- *Et tu pourras aussi me donner un coup de main dans ma propre forge. Elle est moins dangereuse que la tienne, papa,* renchérit Cengolatius. *J'hésitais justement à prendre un apprenti. Cela te rappellera le bon vieux temps où tu m'enseignais le métier. Cela te ferait plaisir de travailler avec moi ?*
- *Bien-sûr mon fils. Mais je vois moins bien. Je risque de te décevoir.*
- *Comment peux-tu dire cela ? Tu feras en fonction de tes capacités et cela m'aidera certainement plus qu'un apprenti à qui j'aurais dû tout apprendre.*
- *C'est vrai. C'est entendu alors. Quand ma main ira mieux, je confierai ma forge au compagnon qui me seconde depuis des années. Il mérite enfin d'être le responsable. J'aurais même dû y penser plus tôt.*
- *En attendant, mange, Arios,* lui ordonna Vénitouta. *Si tu veux guérir rapidement, tu dois prendre des forces. On soignera ta main quand tu pourras la laisser à l'air libre et je prierai Brigit* pour qu'elle nous aide. Et toi, Cengolatius, tu nous représenteras avec Aresagia à la fête de Cuadru Quintus demain soir.*

* Déesse celtique protectrice des forgerons et de la guérison.

- *Demain soir déjà !* s'écria Magnus.
- *Pourquoi paniques-tu, Magnus ? Tu n'es pas invité,* demanda Cengolatius.
- *Non, mais j'ai promis à sa fille Inesa de lui fabriquer un collier en accord avec des boucles d'oreille qu'elle veut acheter pour son anniversaire et je n'ai pas tout à fait terminé.*
- *Eh bien il te reste cet après-midi et demain pour le terminer ! Je te trouve moins efficace ces derniers temps et bien rêveur. Si tu continues comme ça, aucune femme ne voudra de toi dans son foyer !*

Tout le monde se mit à rire en voyant l'air dépité de Magnus. On pouvait donc deviner ses sentiments ? Et si Cengolatius avait raison et qu'aucune femme ne voulait de lui ? Et si Inesa ne voulait pas de lui ? À cette pensée, il n'eut plus vraiment d'appétit. Il grignota un peu de fromage avec du pain puis prit un fruit et retourna rapidement à son atelier. Il avait fait la promesse à la jeune Romaine qu'elle aurait sa parure pour son anniversaire. Même s'il devait y passer la nuit, il tiendrait sa promesse pour ne pas la décevoir.

Justement, de son côté, Inesa ne tenait plus en place. La fête du lendemain la réjouissait tout comme elle l'apeurait. Elle avait à la fois envie de rire, de parler avec les invités et pourquoi pas, de se mêler aux danseurs, mais elle avait peur que son destin ne soit scellé en apprenant que le fils de Lugulnos serait présent et qu'elle soit obligée de l'épouser. Elle remerciait toutefois ses parents d'avoir pensé à un homme du même âge qu'elle plutôt qu'à un vieux barbon, mais que ferait-elle si le jeune homme ne lui plaisait pas ou était stupide, orgueilleux ou encore borné ? Elle tournait et retournait ces pensées dans sa tête quand un messager frappa à la porte de la maison. Elle entendit Servus ouvrir puis répondre au messager :

- *Très bien. Je vais en faire part au maître de maison. Attends sa réponse ici.*

Sans bruit, Inesa s'approcha du bureau de son père dans lequel Servus était entré.

- *Maître, on vient de m'informer qu'Arios s'est brûlé fortement la main et que lui et sa femme ne pourront pas assister à la fête de demain. Il demande si tu es d'accord pour que son fils Cengolatius et sa femme les représentent à la place ?*

- *Bien-sûr, je connais bien Cengolatius. Nous faisons affaire ensemble.*

- *Dans ce cas, je retourne informer le messager,* répondit Servus en quittant la pièce.

Inesa en profita pour entrer dans le bureau de son père et lui demanda :

- *Il y a un problème pour la fête, papa ?*
- *Non. Le vieil Arios s'est brûlé et il ne pourra pas venir demain. C'est son fils qui viendra à sa place avec sa femme. Tu la connais ?*
- *Un peu. Elle est très douce. Je crois qu'elle vient de Virsionis*.*
- *Parfait. Je t'avoue que je préfère presque recevoir Cengolatius plutôt qu'Arios, même si j'ai un grand respect pour lui. Son fils est plus joyeux et c'est ce qu'il faut pour que la fête soit réussie.*
- *Tu me permets d'aller prendre des nouvelles d'Arios ? J'en profiterai pour passer dans l'atelier de son petit fils, l'orfèvre, pour récupérer ma parure.*
- *Uniquement si Servus t'accompagne.*
- *Oui, bien-entendu ! Je pars tout de suite alors.*

Inesa se précipita dans sa chambre, fouilla dans le tiroir de sa commode, prit ce qu'elle cherchait et alla voir Servus pour qu'il l'accompagne derechef chez Arios. Arrivée devant la maison du vieux

* Vierzon

forgeron, Inesa hésita quelques secondes puis frappa à la porte. Après tout, elle venait prendre des nouvelles et aider Arios. On ne pourrait pas lui reprocher de vouloir bien faire. Ce fut Vénitouta qui ouvrit la porte et s'étonna de voir la jeune fille devant elle.

- *Salvé mea dominam*, dit Inesa.
- *Salvé. Tu ne serais pas la fille de Cuadru Quintus, par hasard ?*
- *Si, je m'appelle Inesa. J'ai appris que ton mari s'est brûlé la main, alors je venais aux nouvelles.*
- *C'est très aimable de ta part. Entre Inesa, ainsi que ton esclave.*

Inesa et Servus pénétrèrent dans la demeure du célèbre forgeron. La grande pièce unique était haute de plafond et disposait d'une mezzanine où l'on voyait des matelas. Il faisait malgré tout assez sombre car les percées pratiquées dans les murs, qui faisaient office de fenêtres, étaient petites. Il n'y avait pas de vitre à ces ouvertures, mais une planche de bois que l'on soulevait ou abaissait et qui était retenue par un bâton. Le sol était recouvert d'un parquet de chêne. Des étagères couraient le long des murs, supportant des vases et des pots en céramique et autres objets du quotidien. Au centre de la pièce se trouvait une sorte de brasero recouvert d'une grille sur laquelle on plaçait les chaudrons pour cuisiner. Son emplacement central permettait aux fumées de monter directement vers le plafond sans enfumer l'ensemble de la pièce. Lors des beaux jours, un brasero installé à l'extérieur sous une pergola qui bordait la maison permettait de cuisiner à l'air libre. Arios était assis sur un banc en bois, le bras posé à l'envers sur la table. Il avait l'air un peu fatigué. Sa main lui faisait moins mal, mais la peau était craquelée et l'on imaginait qu'on ne pouvait pas la toucher car beaucoup trop sensible encore.

- *Arios,* dit Vénitouta, *tu as de la visite. C'est Inesa, la fille de Cuadru Quintus.*

Arios leva les yeux, un peu étonné de voir la jeune fille. Inesa s'avança d'un pas assuré vers lui et s'accroupit pour être plus basse que le vieux forgeron et ne pas l'obliger à lever la tête.

- *Salvé Arios, comment va ta main ?*

- *Salvé Inesa. Je n'ai pas mal si je ne la bouge pas. Mais je ne peux rien faire avec. Vénitouta va mettre du saindoux dessus aujourd'hui.*

- *J'ai bien mieux que ça,* dit Inesa d'un ton assuré.

Elle sortit un petit pot de sous ses habits et le montra au vieil homme. Elle l'ouvrit, plongea deux doigts dans la préparation et expliqua à Arios :

- *J'ai préparé une crème au calendula. Tu ne connais peut-être pas cette plante. C'est une fleur qui pousse plus au sud et que j'ai découverte quand je vivais à Massalia. Avec, on fait une crème qui adoucit la peau. Je vais t'en mettre sur la main.*

Arios eut un moment de recul. Il n'avait aucune envie qu'on lui touche la main et qu'on y mette un produit inconnu de lui. Inesa ne s'en formalisa pas et lui dit :

- *On m'a dit que tu as été un guerrier très courageux pendant la guerre. Aurais-tu peur d'une jeune fille aujourd'hui ?*
- *Certainement pas,* répondit Arios, vexé. *Mets ta crème. Je te fais confiance.*
- *Tu peux.*

Inesa avait pris une épaisse couche de crème ce qui lui permit d'en déposer sur la peau craquelée sans toucher la main d'Arios de ses doigts. À son grand étonnement, le forgeron sentit un soulagement au contact de la mixture. Inesa ne l'étala pas mais en reprit de nouveau dans son pot. Elle déposa une seconde couche là où la peau était encore visible et continua jusqu'à ce que la paume de la main soit totalement recouverte et son pot complètement vide.

- Laisse agir la crème jusqu'à ce soir puis rince ta main dans de l'eau fraiche. Je vais rentrer chez moi préparer une nouvelle mixture et je te la ferai porter par Servus. Demande à Vénitouta de t'en déposer une nouvelle couche épaisse avant de te coucher et met un bandage très propre autour de ta main pour que la crème reste sur ta peau toute la nuit. Demain, rince ta main à l'eau claire. Tu devrais voir une nette amélioration de la peau. Je demanderai à Cengolatius si c'est bien le cas.

Arios était impressionné par l'assurance dont faisait preuve la jeune fille. Il remercia Inesa pour ses soins, lui demanda de saluer son père de sa part alors qu'elle disait déjà au revoir et sortait de la maison, suivie par Servus. Lorsque Vénitouta referma la porte, Arios s'exclama :

- Quel sacré tempérament a cette jeune Romaine ! Et pourtant elle est aussi très délicate et attentionnée.

- Oui, je ne m'attendais pas à sa venue, mais je sais reconnaître les belles personnes, et Inesa en est une.

- Tu as remarqué qu'elle n'a pas touché ma main avec ses doigts, mais uniquement posé la crème dessus ! Elle me fait penser à toi : ferme, mais douce.

- *En revanche, cela m'étonnerait qu'elle te propose de devenir son mari !*
- *Pff, viens plutôt m'embrasser au lieu de dire des bêtises. Je veux vérifier si tu es aussi douce qu'autrefois.*

Chapitre 7

Une soirée révélatrice

Magnus ne s'était jamais senti aussi stressé de sa vie. Il ne doutait pourtant pas de réussir à fabriquer le collier, mais c'est l'enjeu qu'il représentait qui le stressait. Le finirait-il à temps pour tenir sa promesse à Inesa ou bien serait-elle contrariée et déçue de lui s'il ne lui livrait pas à temps ? Plus il stressait, moins il arrivait à façonner les clochettes, ce qui le stressait encore plus... Il décida d'aller courir aussi vite que possible le long de la rivière pour évacuer la tension afin de se remettre au travail une fois défoulé. En sortant de son atelier, il se trouva nez à nez avec Inesa !

- *Salvé Magnus, je viens chercher ma parure.*
- *Ah, il me reste un tout petit réglage à faire,* mentit le jeune homme, *et j'allais justement chercher un outil dans l'atelier de mon père pour le faire et t'apporter la parure.*
- *Peux-tu au moins me donner les boucles d'oreille,* demanda Inesa, *un peu déçue.*

La fête de mon père aura lieu demain soir et je dois paraître à mon avantage.

- *Bien-sûr, entre, je vais te les donner.*

Magnus fit demi-tour pour retourner dans son atelier, suivi d'Inesa. Servus resta dehors, pensant que l'échange ne prendrait que quelques secondes.

- *Elles sont là. J'ai amélioré l'attache en tenant compte des différentes couleurs de tes cheveux, comme cela on ne la verra pas.*

- *Tu dis que j'ai différentes couleurs de cheveux ?*

- *Oui, tu as des cheveux presque noirs et frisotés, des cheveux marrons et lisses et des fils d'or aussi,* précisa Magnus en rougissant.

- *Je le savais, mais on ne m'avait jamais fait cette description. Qu'as-tu remarqué d'autre me concernant ?* demanda-t-elle, amusée.

Magnus ferma les yeux pour mieux se rappeler ce qu'il avait noté. Inesa en profita pour le dévisager, ce qu'elle ne pouvait pas faire habituellement car on ne dévisage pas les gens, surtout lorsqu'on est une jeune fille bien élevée.

- *Tes yeux sont couleur noisette avec des éclats d'or aussi ! Et lorsqu'on te voit pour la première fois, ta chevelure ondulée te fait ressembler à une déesse celte et ton visage dégage aussi une grande bonté.*

Inesa resta stupéfaite en entendant les paroles du jeune orfèvre. Elle ne savait plus quoi dire. Ce fut Servus qui rompit le silence en passant la tête par la porte de l'atelier pour lui demander si elle avait bientôt fini car il fallait rentrer. Ne sachant toujours pas quoi répondre, mais désireuse de lui montrer qu'elle avait apprécié ses paroles, Inesa pressa légèrement la main de Magnus avant de prendre les boucles d'oreille. En partant, elle lui dit :

- *Tu m'apporteras mon collier demain, n'est-ce pas ?*
- *Oui, il sera prêt, sans faute.*

La jeune fille sortit de l'atelier avec un grand sourire. Servus pensa qu'elle était heureuse d'avoir enfin ses boucles d'oreille. En réalité, Inesa marchait sur un petit nuage. Elle était flattée, ou plutôt non, charmée par ce garçon. Elle savait bien que les commerçants disent souvent ce que leurs clients veulent entendre, mais Magnus avait l'air sincère, surtout lorsqu'il avait fermé les yeux. Il avait aussi détaillé ses cheveux comme s'il les avait tenus dans ses mains ou coiffés avec attention. C'était une description finalement très sensuelle et

Inesa rougit a posteriori en s'en rendant compte. Elle ne parlerait peut-être pas à sa mère de cette partie-là de la conversation, mais elle lui dirait en riant et l'air de rien que l'orfèvre l'avait comparée à une déesse. Enfin, elle était heureuse car, assez isolée et avec sa mère pour seule confidente, Inesa avait l'impression qu'elle s'était fait un ami, et un ami de son âge.

En rentrant chez elle, elle appela sa mère pour qu'elle vienne vite voir ses boucles d'oreille et lui demander si elle pouvait les porter dès le jour même ou bien faire la surprise à son père le lendemain.

- *Porte-les demain, mais montre-les à ton père avant que les invités arrivent, sinon il n'aura pas le temps de faire attention à toi et il ne pourra pas te donner son avis sincèrement si tout le monde est là. Cengolatius est le père de Magnus, je te rappelle.*

- *Oui, c'est vrai. Tu sais que j'ai vu Arios cet après-midi aussi ?*

- *Oui, ton père m'a dit que tu étais partie prendre de ses nouvelles.*

- *Je lui ai apporté la crème au calendula que j'ai faite pour qu'il en mette sur sa main. J'espère qu'elle soignera sa peau rapidement parce qu'elle est bien brûlée à ce que j'en ai vu.*

- *C'est très gentil à toi. Et tu es passée prendre tes boucles ensuite ?*
- *Exactement. L'orfèvre n'avait pas tout à fait terminé mon collier alors je lui ai dit de me l'apporter demain. Il est très sympathique en plus de faire de jolis bijoux.*
- *Pourquoi tu dis ça ?*
- *Parce qu'il m'a dit que je ressemblais à une déesse celte avec ma chevelure ondulée. C'est gentil de dire ça, non ?*
- *Oh, tu sais les commerçants exagèrent toujours un peu pour faire plaisir à leurs clients, surtout quand ce sont des clientes. C'est pour qu'elles retournent acheter chez eux.*
- *Oui je sais, mais je comptais déjà y retourner avant qu'il ne me fasse ce compliment !*
- *Peut-être qu'il faudrait que papa t'accompagne la prochaine fois. Je ne voudrais pas que ce Magnus te manque de respect.*
- *Ne t'inquiète pas, maman, je ne suis pas femme à être déshonorée.*
- *Je te crois. Mais tu seras une femme, comme tu dis, quand tu seras mariée.*
- *Justement, maman, en as-tu parlé avec papa ? Sais-tu à qui il pense me marier ?*
- *Il est resté vague à ce sujet,* répondit Histia à qui était venue une idée.

Enfin, le jour de la fête arriva. Pour l'occasion, Inesa avait revêtu une longue tunique qui lui arrivait aux chevilles. Ses cheveux étaient relevés en une coiffure sophistiquée, avec deux mèches bouclées qui retombaient de chaque côté du visage. Lorsque Cuadru Quintus vit Inesa s'avancer vers lui, il se réjouit de la voir si belle et si noble. Juste après, il ressentit un petit pincement au coeur en constatant qu'elle était devenue une femme et que bientôt, un homme la prendrait dans ses bras, ce qui l'agaça soudain. Le sourire que lui adressa Inesa effaça ses pensées en un instant et il se concentra sur les boucles d'oreille qu'elle portait.

- *Approche-toi que je regarde tes boucles d'oreille. Comment peuvent-elles flotter ainsi dans l'air ?*

- *Elles ne flottent pas, papa. L'attache a été conçue pour se confondre avec la couleur de mes cheveux. C'est du grand art, n'est-ce pas ?*

- *Effectivement. Mais tu n'as pas mis le collier qui va avec ?*

- *Il n'était pas prêt, mais l'orfèvre a promis de me l'apporter ce soir.*

- *Il a mal estimé le temps qu'il devait mettre pour le fabriquer. Ce n'est pas très sérieux de sa part.*

- *Non, papa. Tu sais que c'est le petit fils d'Arios et je pense que l'accident de son grand-père a perturbé toute la famille.*
- *Ah oui, c'est vrai. Mais j'espère qu'il te le livrera tout à l'heure. Sa réputation est en jeu car ta mère lui a bien précisé que c'était pour ton anniversaire et la fête de ce soir.*
- *Oui, il le sait,* répondit Inesa en priant tous les dieux romains pour que Magnus arrive rapidement.
- *Bien, nous verrons. Voici les premiers invités. Va chercher ta mère pour qu'on les accueille tous les trois.*

Inesa se dirigea vers la cuisine où sa mère vérifiait que tout était prêt pour les invités. Une bonne odeur de viande grillée et de légumes s'échappait de chaudrons sur un feu imposant au milieu de la pièce. Diverses entrées et des desserts délicieux recouvraient une grande table. Servus se tenait prêt à servir, lorsque tous les invités seraient placés sur les lits. Histia suivit sa fille dans l'entrée de la maison pour saluer les arrivants. Ils s'étaient présentés presque tous au même moment et ceux qui avaient quelques minutes de retard se présentèrent finalement à l'heure, le temps que Cuadru Quintus, sa femme et sa fille saluent les premiers en leur accordant un mot à chacun. Les invités se placèrent à l'endroit qu'Histia leur indiqua. Elle s'était arrangée pour mettre les jeunes mariés et le deuxième fils de Lugulnos près d'Inesa. Cengolatius et sa femme étaient près d'elle et de son mari. Les dignitaires étaient ensemble et proche de son mari aussi. Le barde et les musiciens arriveraient un peu plus tard lorsque les invités auraient déjà bien discuté entre eux. Servus commença à circuler entre les invités pour leur offrir des coupes de vin puis il apporta les entrées. Le vin délia les langues rapidement et les premiers mets furent engloutis avec un grand plaisir. Servus faisait des allers-retours incessants, heureux d'étrenner une toute nouvelle tunique courte, caractéristique des esclaves et serviteurs. Pour faire honneur à Cuadru Quintus, on avait amélioré son habit en élargissant les manches et en faisant plus de plis à la tunique. Ainsi vêtu, Servus ressemblait à un page et faisait penser de façon indirecte que Cuadru Quintus était un roi... Ayant déjà bien discuté avec les notables, Cuadru Quintus s'adressa au fils de Lugulnos pour en savoir un peu plus sur lui.

- *Dis-moi, Gulnos, à quoi te destines-tu dans la vie ? Quel métier as-tu choisi en devenant un homme ?*
- *Je suis pâtre chez mon père. D'ailleurs le mouton que nous mangerons peut-être ce soir vient sans doute de chez nous.*
- *Et ce métier te plaît ?* demanda Cuadru Quintus qui voulait savoir si l'on pouvait l'exercer toute une vie et surtout s'il permettait d'en vivre largement. S'il devait marier Inesa à Gulnos, il voulait qu'elle soit installée confortablement et bien traitée.
- *Oui, j'aime ce métier pour différentes raisons. D'abord, il ne faut pas croire qu'un pâtre ne fait rien de la journée. Je surveille les animaux et au besoin, je les soigne*. Mais lorsque tout est tranquille, je confectionne aussi des instruments en bois, comme des pipeaux dont je joue, bien-entendu.*
- *Tu voudras bien nous jouer un morceau, tout à l'heure ?* demanda Inesa.
- *Bien-sûr. Et je pourrai aussi vous réciter des vers que j'ai écrits. L'hiver, quand les moutons sont à la bergerie, je suis musicien et chanteur chez les gens. C'est ainsi que je gagne ma vie six mois par an.*

* Les pâtres ont été les premiers vétérinaires.

Ces dernières paroles firent l'effet d'une douche froide sur Cuadru Quintus. Non, un saltimbanque ne pourrait pas être un mari pour sa fille ! C'est alors qu'on frappa à la porte. Cuadru Quintus profita de cette interruption pour aller voir qui se présentait et cacher ainsi sa déception et son mécontentement. C'était Magnus qui venait livrer le collier d'Inesa.

- *Ah, voici notre cher orfèvre,* déclara Cuadru Quintus en faisant entrer Magnus dans la salle principale, montrant ainsi qu'il avait de la considération pour ce jeune homme alors qu'il n'en avait plus vraiment pour Gulnos, mais sans le dire.

Magnus salua l'assemblée en faisant un petit signe à ses parents en particulier.

- *Magnus est le fils de Cengolatius et d'Aresagia ici présents,* expliqua Cuadru Quintus aux invités. *Il est venu apporter un collier que j'offre à Inesa pour son anniversaire. Viens, ma fille, qu'on te pare de ce merveilleux bijou.*

Inesa s'approcha, heureuse de revoir Magnus. Elle lui tourna le dos pour qu'il puisse lui passer le collier autour du cou et l'accrocher. Tout proche de la jeune fille, Magnus sentit le parfum délicat de ses cheveux. Lorsqu'il effleura son cou de ses doigts pour fermer le collier, il trouva sa peau douce comme un pétale de cette nouvelle fleur cultivée en Grèce et ramenée en Gaule par les Romains : la rose.

Inesa s'écarta de Magnus et s'avança au milieu de l'assemblée pour montrer sa parure. Tous les invités s'exclamèrent « *Viva Inesa !* » pour lui souhaiter un joyeux anniversaire.

- *Reste avec nous, Magnus,* dit Cuadru Quintus. *Il reste une place sur le lit auprès de tes parents, mais sers-toi un verre de vin auparavant.*

Magnus s'avança vers la grande vasque remplie de vin située sur la table avant les lits. Il allait utiliser l'oenochoé lorsque Servus arriva de la cuisine, un bras en feu et hurlant de douleur. Les invités crièrent d'effroi et l'on entendit Gulnos brailler « *Quelle horreur ! Quelle horreur* ! ». Cuadru Quintus s'élança pour étouffer le feu sur le pauvre Servus avec le pan de sa toge mais Magnus trouva une solution plus rapide. Il saisit la vasque de vin et lança le breuvage sur le bras de Servus, éteignant le feu en un instant. Un silence de soulagement suivit qui dura une seconde ou deux puis Cuadru Quintus éclata d'un grand rire devant l'état pitoyable de la nouvelle tunique de Servus et la mine désolée de celui-ci. Finalement, le fou rire gagna tous les invités, Servus aussi, même si le bras lui cuisait un peu.

- *Je suis désolé pour le vin,* dit Magnus en s'adressant à Cuadru Quintus.
- *Tu plaisantes, tu viens de sauver la vie de Servus, ou du moins son bras ! Viens avec moi chercher une amphore de vin dans la remise. Nous fêterons ton courage en buvant double dose ! Mon jeune ami, tu commences à me plaire vraiment !*

Alors qu'Inesa emmenait Servus pour mettre de la crème sur son bras, Magnus suivit le marchand, heureux d'avoir aidé l'esclave et d'être considéré comme l'ami d'un des hommes les plus influents de Salera Briva. La soirée continua en musique, le barde et les musiciens arrivant enfin, et se prolongea bien tard cette nuit-là.

Chapitre 8

Des lendemains prometteurs

Cuadru Quintus se réveilla le lendemain matin avec la bouche pâteuse et l'impression que des cheveux lui poussaient à l'intérieur du crâne.

- *Je crois que j'ai un peu abusé du vin, hier,* dit-il à sa femme.
- *Combien d'amphores as-tu bu ?*
- *N'exagère pas, Histia, j'ai dû boire cinq ou six oenochoés, c'est tout, mais je tiens moins bien le vin qu'avant.*
- *Je vais te préparer une infusion. Habille-toi et va prendre des nouvelles de Servus. J'espère que son bras va mieux.*
- *Je pense qu'il a eu plus peur que mal, même si ça a chauffé un peu pour lui. J'ai été bête de lui faire coudre une tunique avec des manches si amples.*
- *Tu voulais avoir le plus beau des esclaves. Je comprends que tu tiennes à ta réputation, mais elle n'est pas remise en cause car tu es un honnête marchand. Si tu considères les personnes d'hier comme des amis, alors*

tu n'as pas besoin de les épater. Les vrais amis t'estiment toi, pas ton argent.

- *Tu ferais un bon sacerdos* si tu étais un homme ! Mais pourquoi me dis-tu ces vérités quand j'ai mal à la tête ?*
- *Parce que lorsque tu es faible, c'est le seul moment où tu m'écoutes !* plaisanta Histia en s'éloignant vers la cuisine pour préparer une infusion à son mari. Lorsqu'elle revint lui donner sa boisson chaude, elle lui posa une question dont elle connaissait déjà la réponse :
- *Comment trouves-tu Gulnos ?*
- *Ce n'est certainement pas un homme pour Inesa.*
- *Pourquoi ?*
- *Il ne gagne de l'argent que la moitié de l'année et puis chanteur n'est pas un métier sérieux. Je ne veux pas qu'Inesa mange du mouton pendant six mois de l'année sous prétexte qu'il n'a pas assez d'argent pour acheter autre chose !*
- *Tu exagères, son père est richissime. Mais tu as raison, ce n'est sans doute pas lui qui héritera de la villa et puis garder les moutons n'offre pas beaucoup d'évolution. Inesa et ses enfants n'auraient pas une vie agréable avec ce garçon.*

* Religieux romain.

- *Je comptais pourtant sur lui pour m'aider dans mes affaires Qui pourrait le remplacer et m'apporter de la nouveauté dans mes produits à vendre ?*
- *Tu trouveras bien, je te fais confiance. En tous les cas, tu as vu comme Inesa était belle avec son collier hier ? Elle avait l'air si heureuse de ton cadeau. Tu as eu raison de nous conseiller d'aller voir ce jeune orfèvre. Il a de l'or dans les mains.*
- *C'est vrai.*
- *Bien, je vais me préparer. Reste encore un peu au lit, bois ton infusion. Cela ira mieux ante meridiem*.*

Histia sortit de la chambre, laissant Cuadru Quintus à ses réflexions. Elle avait bien mené la conversation en associant l'idée d'un futur mari pour Inesa, son bonheur en recevant le collier et l'or pour parler de l'orfèvre. Son mari relierait ces mots à ses affaires. Elle espérait qu'il arriverait aussi à la même conclusion qu'elle, d'autant plus que son instinct de femme lui disait que son idée plairait très certainement à Inesa. De son côté, en buvant son infusion, Cuadru Quintus réfléchissait. Il avait bien une

---

* Avant midi. Les Romains ne mesuraient pas le temps en heures par manque de précision.

idée de mari pour sa fille, mais il devait avant tout penser à ses affaires s'il voulait continuer à avoir une vie très confortable puis passer la main à son gendre par la suite. Il voulait s'assurer qu'au moment de mourir Inesa soit à l'abri de la nécessité.

Histia avait pris son temps pour se laver dans la salle de bain chauffée par le sol dont disposait la maison et pour se coiffer de façon élaborée. Lorsqu'elle vint jeter un coup d'oeil dans la chambre pour voir si son mari s'était rendormi, celui-ci lui dit :

- *Tiens, c'est nouveau comme coiffure ?*
- *C'est à la mode à Rome actuellement.*
- *Comment le sais-tu ?*
- *C'est la femme du vergobret qui me l'a montrée. Sa soeur est mariée à un Romain et vit là-bas. Elle est venue lui rendre visite et l'a coiffée de cette façon.*
- *Je ne pensais pas que vous, les femmes, disposiez d'un réseau international d'information aussi efficace ! L'Empire pourrait presque vous l'envier... Au fait, ton infusion m'a fait grand bien. Merci. D'ailleurs, j'aimerais t'offrir un bijou à toi aussi pour te remercier de l'organisation de la fête d'hier. Que dirais-tu d'aller ensemble chez le jeune orfèvre prochainement ?*

Une grande joie illumina le visage d'Histia. Cuadru Quintus pensa avoir vu juste en proposant cette idée à sa femme. La proposition n'était toutefois pas totalement honnête, car il voulait aussi découvrir si les autres créations de Magnus étaient aussi réussies que la parure d'Inesa. Peu importe s'il n'était pas entièrement honnête envers sa femme car Histia ne souriait pas non plus uniquement à l'idée d'avoir un nouveau bijou. Elle se disait qu'elle avait manoeuvré comme l'aurait fait une reine auprès d'un roi, une maîtresse auprès d'un sénateur ou encore un espion d'un réseau d'information international. La seule différence résidait dans le fait qu'Histia n'agissait pas pour son compte personnel ou pour un secret commanditaire. Elle agissait pour le bonheur de sa fille qui n'avait pas le droit de choisir un mari par elle-même. Histia respectait et aimait son mari, mais il lui serait impossible de rester passive si Cuadru Quintus choisissait un mauvais parti pour Inesa. Pour sa fille, Histia était capable de déplacer des montagnes et sa volonté était inébranlable. Cependant, il fallait rester prudente et ne pas présager de l'avenir. Elle embrassa tendrement son mari en lui disant :

- Avec plaisir. Un bijou ne se refuse pas. Et bien contente que tu te sentes mieux !

Deux jours s'écoulèrent sans que Cuadru Quintus ne reparle d'aller voir le jeune orfèvre. Mais alors qu'il rentrait déjeuner après un rendez-vous matinal, il dit à Histia :

- Veux-tu aller chez ce fameux orfèvre cet après-midi ?

- Bien-sûr ! D'ailleurs, j'ai réfléchi. J'ai bien envie de ces bijoux en verre bleu que les Gaulois savent fabriquer. Tu vois de quoi je parle ?

- Vaguement.

- Il n'y en a pas à Rome ?

- Je n'ai vu personne en porter. Mais je suis marchand, pas orfèvre.

- Ce sera peut-être l'occasion d'en acquérir quelques-uns de plus pour les proposer à tes relations et clients lorsque tu iras là-bas.

- Voyons d'abord ce que fait ce garçon et j'aviserai ensuite.

Deux heures plus tard, Histia et Cuadru Quintus se dirigeaient vers l'atelier de Magnus. L'orfèvre était en train de disposer de luxueuses fibules sur un petit présentoir en bois. Il était particulièrement satisfait de ses pièces, ayant trouvé le parfait équilibre entre le côté pratique pour attacher les vêtements et l'aspect artistique en sculptant des figures en relief ou en incrustant des perles sur la partie arrondie. C'est donc tout sourire qu'il accueillit Histia et Cuadru Quintus.

- *Comment vas-tu orfèvre ?* demanda Cuadru Quintus en lui posant la main sur l'épaule en signe d'amitié.
- *Très bien, merci. Et toi ? Et toi, Histia, comment vas-tu ? Comment va le bras de Servus ?*
- *Il va bien. Je ne regrette pas de ne pas avoir bu le vin que tu as eu la bonne idée de verser sur lui pour éteindre le feu. Sans ton geste, Servus serait sans doute gravement blessé sur tout le corps.*
- *Disons qu'avec un grand-père forgeron et un père bronzier, le feu est une chose que l'on sait maîtriser dans la famille.*
- *Je trouve que tu maîtrises bien ton art aussi, Magnus,* dit Histia en prenant une fibule en main. *Regarde Cuadru Quintus. Elle est vraiment jolie celle-ci.*
- *Effectivement. J'aime beaucoup celle-là aussi.*
- *Elles sont toutes à vendre et je viens de les exposer, alors profitez-en avant qu'un autre client ne les achète,* indiqua Magnus. *En plus d'être belles, elles sont à toute épreuve.*

- Dis-moi, orfèvre, tu sembles dominer l'art du commerce aussi, en nous faisant croire qu'il y a urgence à en acheter, fit remarquer Cuadru Quintus. *Tu as raison, je fais pareil !*

- En réalité, je ne vous mens pas. Les fibules sont le bijou qui part le plus vite, car tout le monde en a besoin pour attacher ses vêtements. Et là, je suis *particulièrement content de leur résistance et des ornements que j'ai ajoutés dessus. Tu vois, j'ai travaillé par thème : sur celles de la première rangée, je me suis inspiré des animaux de la forêt. Sur la deuxième rangée, le thème choisi est le jour et la nuit avec le Soleil, la Lune et les étoiles. Sur cette rangée, j'ai orné l'arrondi avec des feuilles de différents arbres et la dernière rangée est décorée avec des incrustations de perles, notamment en verre bleu.*

- *Justement,* interrompit Histia, *j'ai parlé de ces perles de verre bleu à Cuadru Quintus ce midi. Est-ce que tu les montes sur des bagues aussi ?*

- *Oui. J'élargis et je fendille le dessus de la bague quand le métal est encore chaud pour y insérer une perle de verre puis je rabats le métal sur les bords de la perle pour qu'elle ne s'échappe pas.*

- *Peux-tu m'en faire une à ma taille ?*

- J'en ai déjà de différentes tailles. Si l'une d'elles te va, tu pourras repartir avec immédiatement.

Histia suivit Magnus de l'autre côté de l'atelier où il exposait des bagues et essaya plusieurs d'entre elles avant d'en trouver une à la taille de son doigt.

- Celle-ci me plaît et me va parfaitement, déclara-t-elle en montrant sa main à Cuadru Quintus.

- Très bien. Je te l'achète, orfèvre.

- Alors, si je peux me permettre, j'aimerais faire un réglage sur ta bague, Histia.

- Pourquoi, regarde, elle passe mon doigt sans problème.

- Justement, tu risques de la perdre en te lavant les mains. Je vais donc la déformer légèrement pour qu'elle ait un peu de mal à passer l'os de la phalange du milieu de ton doigt. Cela ne se verra pas.

Magnus prit un minuscule marteau et donna un petit coup sec sur le côté de la bague. Quand Histia la passa à nouveau à son doigt, elle dut insister légèrement pour qu'elle passe sa phalange. Ainsi, la bague ne s'échapperait pas facilement dans le sens inverse.

- Là, c'est parfait, dit Histia.

- Et moi, je vais prendre une fibule, celle avec la tête de sanglier, déclara Cuadru

Quintus. *Tu dis qu'elles sont très résistantes ?*

- *Tout à fait. Elles sont conçues pour attacher de lourds tissus de laine et de grandes toges, mais j'ai fait en sorte qu'on puisse les utiliser pour des habits plus légers aussi.*

- *Si je t'en commandais une dizaine de chaque modèle, tu pourrais les fabriquer en combien de temps ?*

- *Concernant les trois premières rangées, je pourrais les fabriquer en trois jours car le plus long a été de créer les moules. Maintenant qu'ils sont faits, je n'ai qu'à couler le métal et à les refroidir puis à limer les aspérités et m'assurer qu'elles fonctionnent bien. En revanche, celles avec les perles sont plus longues à fabriquer car je dois intervenir dessus une par une en insérant soigneusement chaque perle. Je peux te les fabriquer en dix jours.*

- *Et tu me les ferais à quel prix ?*

- *Puisque tu m'en commandes beaucoup, je te les ferais à moitié prix, sachant que celles avec les perles sont plus chères puisqu'elles nécessitent plus de travail.*

- *Je comprends. Le prix correspond au travail fourni, c'est normal. Si tu es certain de tenir tes délais, que penserais-tu de t'associer à moi ?*

- *Tu veux dire que je te fournisse des fibules régulièrement pour que tu les vendes à Rome ?*
- *À Rome et peut-être même plus loin encore !*

La proposition était inédite pour Magnus, et savoir qu'un riche marchand pensait que ses réalisations puissent plaire dans tout l'Empire romain était fantastique. Ce n'est pas l'aspect commercial qui le réjouissait, mais le fait que son art soit connu hors de Salera Briva et de sa proche région.

- *Je crois que j'en serais très honoré,* répondit-il.
- *Tu deviendrais riche, surtout, jeune orfèvre ! Et oui, je pourrais très bien indiquer ton nom en les vendant : Magnus de Salera Briva, cela t'irait ?*
- *Tout à fait, Cuadru Quintus ! Merci.*
- *Ne te réjouis pas trop vite. D'abord, tu dois les fabriquer, et ce dans les délais que tu as dits car je n'aime pas les menteurs et je n'aime pas attendre. Ensuite, elles doivent être parfaites car ma réputation de marchand auprès de mes clients est en jeu également. Enfin, elles doivent plaire au-delà des frontières de la ville, car si elles ne plaisent pas, je ne pourrai pas les vendre.*

- *Je comprends,* répondit Magnus dont l'enthousiasme était un peu retombé en voyant tout ce que la proposition de Cuadru Quintus impliquait. *Mais, je suis certain qu'elles seront de bonne qualité. Je sais reconnaitre les produits de belle facture.*
- *Et moi, je pense qu'elles plairont,* intervint Histia. *Cuadru Quintus veut juste que tu comprennes qu'on ne s'engage pas à la légère en matière commerciale. Si tu deviens le fournisseur de mon mari, ton destin sera lié à notre famille en quelque sorte, car la réussite de Cuadru Quintus fera ton succès et réciproquement.*

Histia avait dit cette dernière phrase en regardant Magnus, mais en réalité, elle s'adressait indirectement à son mari.

- *Tu peux compter sur moi, je souhaite la réussite de nos deux familles, et surtout de la tienne Cuadru Quintus, car tu as une femme et une fille alors que je ne suis pas marié.*

À ces mots, l'estime que le marchand portait à Magnus grandit encore. Il appréciait déjà son travail, mais il s'apercevait que le jeune orfèvre était également responsable et altruiste. Il paya ses achats, salua Magnus puis s'en alla suivi d'Histia. Quand il fut hors de portée de voix du jeune homme, il dit à sa femme :

- *Ce garçon a la tête sur les épaules et bon coeur.*
- *J'en suis convaincue. Et tu sais quoi ?*
- *Quoi ?*
- *Je retrouve en lui le jeune homme prometteur que tu étais quand nous nous sommes mariés,* ajouta Histia en serrant fort la main de son époux.

Chapitre 9

Ne pas vendre la peau de l'ours...

Histia était presque certaine que Cuadru Quintus pensait à Magnus comme possible mari pour Inesa. Mais la vie joue souvent avec les nerfs des gens, surtout quand ils sont sur le point d'arriver à leurs fins. Un beau matin, on vit arriver à Salera Briva un groupe de militaires romains avec à leur tête un centurion fièrement campé sur son cheval, dans une armure rutilante et portant un casque orné d'une crête transversale de plumes d'oies blanches. Il tenait à la main un vitis, long bâton tiré d'un cep de vigne, qui indiquait son grade et dont il n'hésitait pas à se servir sur ses soldats et ses serviteurs. Sur sa hanche, il portait aussi un glaive à double tranchant dont il s'était maintes fois servi. Le centurion s'appelait Rufus Julius et avait envoyé un émissaire quelques jours plus tôt pour demander l'hospitalité chez un notable du village. Lugulnos allait le recevoir dans sa riche villa et avait décidé d'organiser une soirée pour célébrer l'honneur que lui faisait le noble militaire.

- *Je ne dînerai pas avec Inesa et toi ce soir,* indiqua Cuadru Quintus à sa femme. *Lugulnos reçoit Rufus Julius, un illustre centurion et offre un repas entre hommes à son honneur.*
- *Eh bien, cela nous permettra de faire un dîner entre femmes alors,* plaisanta Histia. Puis, convaincue que cette idée était finalement bonne, elle demanda : *Vois-tu un inconvénient à ce que j'invite Aresagia ?*
- *Pas du tout. Amuse-toi car je ne suis pas certain d'en faire de même. La guerre ne m'intéresse pas. Elle tue des hommes et nuit au commerce et à mes affaires !*
- *Vous parlerez certainement politique car un centurion a souvent l'opportunité de devenir sénateur lorsqu'il quitte l'armée.*
- *C'est vrai. Mais en Gaule, nous avons déjà la paix et les Gaulois adoptent de plus en plus nos coutumes. Alors je ne vois pas ce que nous pourrions demander de plus.*
- *J'aurais plein d'idées, moi, si on me demandait !*
- *Justement, on ne te demande rien car la politique n'est pas une affaire de femmes.*
- *Il existe pourtant des reines qui dirigent des pays. Tu crois qu'il y aura des femmes sénatrices, un jour ?*

- *Tu imagines toujours des choses incroyables, ma chérie ! Bien-sûr que non, il n'y aura jamais de femmes sénatrices. Bon, je vais me préparer pour ce soir. On ne sait jamais, ce Rufus Julius aura peut-être vu des choses dans des contrées lointaines que je pourrai acquérir et vendre ensuite ! Un centurion comme associé, pourquoi pas après tout ?*

En entendant cette dernière remarque, Histia sentit monter en elle une grande angoisse. Elle se dépêcha d'aller voir Inesa dans sa chambre. Celle-ci était occupée à la préparation d'une nouvelle crème régénératrice pour Arios et Servus.

- *Maman, tu tombes bien, j'ai changé la composition de ma crème pour qu'elle soit adoucissante et désinfectante aussi. Je voudrais la tester sur Servus et l'apporter ensuite à Arios. Tu veux bien que j'y aille ?*
- *Oui, si tu y vas avec Servus. Tu en profiteras pour inviter Aresagia à dîner ce soir. Papa a un dîner d'affaires. Nous serons entre femmes.*
- *Merveilleux. J'y vais tout de suite !*

Inesa mit rapidement une grosse cuillerée de sa préparation dans un petit pot et sortit de la pièce pour aller chercher Servus qui s'activait au jardin.

- *Regarde Servus, j'ai préparé cette crème pour ton bras. Viens-là, je vais t'en mettre.*

L'esclave arrêta son travail et s'approcha d'Inesa. Il n'était pas du tout choqué que la jeune fille lui donne un ordre. C'était la fille du maître, donc sa maîtresse, et elle le faisait naturellement, comme on lui avait appris à le faire. Par ailleurs, Servus savait bien qu'Inesa l'aimait bien. C'est d'ailleurs elle qui s'était occupée de son bras le soir où sa manche avait pris feu.

- *C'est une nouvelle préparation, maîtresse ?*
- *C'est toujours du calendula, mais j'ai ajouté un peu de thym. Si la peau te pique, dis-le moi tout de suite pour qu'on rince ton bras.*
- *D'accord.*

L'esclave se laissa faire, souriant de voir sa jeune maîtresse appliquer avec soin sa pommade et vérifier l'état de la peau de son bras. Quand elle eut fini, Inesa demanda :

- *Ça pique ?*
- *Pas du tout.*
- *Alors c'est parfait ! Accompagne-moi chez Arios, maintenant. Sa main va mieux mais je veux vérifier si ce nouveau mélange la guérit pour de bon, et puis j'ai un message à délivrer à Aresagia.*

Servus alla ranger ses outils et suivit sa maîtresse qui s'avançait déjà sur le chemin. Lorsqu'ils arrivèrent chez Arios, Inesa n'hésita pas comme la première fois où elle y était allée. Elle congédia Servus, en lui disant de revenir un peu plus tard puis elle frappa à la porte. Lorsque Vénitouta lui ouvrit, elle lui fit un grand sourire et dit en entrant dans la maison :

- *Salvé, Vénitouta. J'ai préparé une nouvelle crème pour la main de ton mari. Je sais qu'elle va beaucoup mieux, mais j'aimerais la guérir une bonne fois pour toute.*

- *Salvé Inesa. Tu dis que c'est une nouvelle préparation ?*

- *Oui. J'y ai ajouté du thym. Cela activera le sang et désinfectera les éventuelles blessures, s'il en a encore.*

- *Tu sais, je connais les bienfaits des plantes de la région. Si cela t'intéresse, je pourrais te transmettre mes connaissances.*

- *Oui, j'aimerais beaucoup. Je connais les plantes qui poussent à Massalia, mais pas celles d'ici.*

- *Alors, première leçon : le bourgeon de noisetier qui pousse naturellement à l'orée des forêts permet d'aider à se débarrasser du mucus tombé sur la poitrine, tu sais quand on tousse et que l'on dirait que ça roule dans la gorge. Attention, ce n'est pas la même chose que de tousser de façon sèche et qui finit par irriter la gorge. Dans ce cas, le miel adoucit, mais on utilise aussi de la guimauve que l'on mélange à du vin doux après l'avoir broyée.*

- *Il faudra me montrer cette plante, car je ne la connais pas.*
- *Oui, elle est assez haute et porte des fleurs mauves un peu duveteuses. On ira en chercher ensemble. Mais viens, allons voir Arios.*

Vénitouta accompagna Inesa à l'extérieur et lui montra son mari au loin. Arios essayait de réparer un enclos pour les animaux de la ferme.

- *Salvé Arios, cria Inesa quand elle fut à portée de voix du vieux Gaulois, je viens voir ta main.*
- *Salvé Inesa. Elle va beaucoup mieux. Regarde, je peux m'en servir !*

Inesa s'avança et regarda la main qu'Arios lui tendait. Elle remarqua qu'elle était presque entièrement guérie.

- *Tu t'es fait de nouvelles écorchures en réparant l'enclos ?*
- *Chut, si Vénitouta t'entend, elle va m'interdire de travailler !*
- *Ma crème va faire disparaître tout cela en deux ou trois jours. Je suis heureuse*

de constater que ta brûlure n'est plus qu'un mauvais souvenir. Je vais te mettre de la crème quand-même, si tu veux.

- *Fais, fais. Cela me permettra de faire une pause.*

Inesa ouvrit le petit pot qu'elle avait apporté. Elle appliqua la crème sur la main du forgeron puis lui souhaita bon courage pour terminer la réparation de l'enclos et retourna voir Vénitouta.

- *Ma mère invite Aresagia à dîner ce soir. Peux-tu lui transmettre le message ?*
- *Bien-sûr. Je demanderai à Magnus de veiller sur son petit frère. Il est temps que Cernos se sépare un peu de sa mère. Dans six mois, il sera adulte et commencera son apprentissage. À bientôt Inesa ! Passe me voir chaque jour pour que je t'enseigne les vertus des plantes.*
- *C'est entendu. Merci Vénitouta !*

Inesa repartit vers le village. Elle retrouva Servus qui l'attendait au bout du chemin. En rentrant chez elle, elle prit un morceau de papyrus et un calame* pour y inscrire ses nouvelles connaissances botaniques : « *Bourgeon de noisetier pour toux productive et mauve broyée dans vin*

---

* Tige de roseau taillée en biais.

doux pour toux sèche. » Lorsqu'elle posa son calame, elle se dit qu'elle aurait besoin de nouveaux petits pots pour y mettre ses préparations. Une idée lui vint à l'esprit : elle savait quels pots elle voulait et à qui les demander.

Le soir arriva. Arésagia se présenta avec des fraises sauvages pour Histia et un bouquet de mauves pour Inesa. La soirée fut des plus amusantes, comme elle l'est souvent entre femmes qui s'apprécient. Arésagia partit pourtant assez tôt après dîner parce qu'elle avait promis à Cernos de lui faire un baiser avant qu'il se couche. Lorsque Cuadru Quintus rentra, la nuit était bien avancée. Histia et Inesa étaient déjà en pagne* et allaient se coucher mais Cuadru Quintus leur demanda d'attendre un instant car il avait une grande nouvelle à leur annoncer. Histia se demandait bien de quoi il pouvait s'agir car son mari avait visiblement trop bu. Mais il ne faut pas contrarier un homme aviné car il peut devenir agressif rapidement, alors elle demanda :

* La chemise de nuit n'existait pas encore. Plus tard, les Romains porteraient un subligaculum, tissu plié faisant office de short mais qui pouvait aussi couvrir la poitrine des femmes lorsqu'il était plus long.

- *Quelle est cette grande nouvelle ?*
- *J'ai trouvé un mari pour Inesa, dit-il fier de lui. Il s'appelle Rufus Julius !*

Chapitre 10

L'avenir n'est pas encore écrit

La déclaration de Cuadru Quintus bouleversa les deux femmes. Histia sentit son sang se glacer alors qu'Inesa eut la respiration coupée.

- *Papa, je ne le connais même pas !* balbutia-t-elle.
- *Mais tu ne te rends pas compte, ma fille, Rufus Julius va devenir sénateur dans un an ! C'est le temps qu'il lui reste au sein de l'armée. Ensuite il veut se retirer et c'est pour cela qu'il veut se marier.*
- *Où compte-t-il se retirer ?* demanda Histia sur un ton qui se voulait neutre, mais qui cachait avec difficulté une colère froide.
- *Il ne sait pas encore. Il hésite entre Rome et Alexandria*.*
- *Alexandria ! Il n'a pas trouvé plus loin ?*
- *Avec un peu de chance, ce sera Rome, surtout s'il veut vraiment devenir sénateur, auquel cas nous pourrons y retourner vivre. On ferait nous-aussi un retour aux sources.*

* Alexandrie en Égypte.

- *Et nous vivrons de quoi ? Ton commerce est florissant ici, mais il n'est pas certain que tu réussisses aussi bien à Rome puisque tu ne pourras plus découvrir avant les autres marchands les objets que l'on fabrique ici ou en provenance de cultures plus au Nord et que tu vends actuellement. La Gaule est un carrefour entre le Nord et le Sud.*
- *Oh, ne m'embrouille pas, s'il te plaît. Je n'y ai pas encore réfléchi mais si Inesa épouse un sénateur, il pourra bien faire quelque chose pour nous, non ? De toute façon ce n'est pas vous qui décidez et puis je lui ai donné mon accord pour dans un an, le temps qu'il décide où il ira s'installer.*
- *Et s'il s'établit à Alexandria ? Nous ne verrons plus Inesa.*
- *S'il est sénateur, il choisira Rome. Voilà. Assez discuté. Bonne nuit.*

Cuadru Quintus se dirigea d'un pas chancelant vers sa chambre. Inesa et sa mère se regardèrent sans parler. Si Inesa semblait accablée, Histia était bien décidée à s'opposer à ce projet par tous les moyens. Elle dit à sa fille :

- *Poursuis tes projets, ma chérie. L'avenir n'est pas encore écrit.*

Inesa eut beaucoup de mal à s'endormir ce soir-là. Elle envisagea mille solutions, parfois extrêmes et insensées, pour échapper au mariage prévu par son père. Puis elle se souvint des paroles de sa mère en qui elle avait confiance. Elle avait un an devant elle, un an pour changer son destin. Elle se força alors à dormir pour être au meilleur de sa forme et de sa volonté le lendemain matin, et elle ferait de même chaque soir, semaine et mois suivants. Elle savait ce qu'elle avait à faire. Aussi, le lendemain matin lors du petit-déjeuner, elle n'aborda pas le sujet de son mariage. Cuadru Quintus n'avait pas non plus envie d'en parler car en n'étant plus sous l'effet de l'alcool, il n'était plus vraiment sûr que ce qu'il avait décidé la veille pour Inesa était la meilleure solution. Histia ne disait rien non plus mais n'en pensait pas moins. L'ambiance était plutôt tendue. Aussi, lorsqu'Inesa indiqua à son père que Vénitouta allait lui transmettre ses connaissances des plantes pour élaborer des remèdes, Cuadru Quintus accueillit l'information avec bienveillance, pensant que cela occuperait sa fille et, un peu égoïstement, qu'elle saurait lui apporter de l'aide lorsqu'il serait vieux et malade. Juste après, il relativisa cette idée en se disant que si Inesa vivait à Alexandria, elle ne pourrait pas l'aider. Mais il s'était engagé auprès du centurion. Il ne pouvait plus reculer.

Après le petit-déjeuner, Inesa dit à Servus de l'accompagner chez la femme du forgeron et congédia l'esclave une fois sur place, celui-ci ayant d'autres tâches à effectuer à la maison. Elle retourna chez Vénitouta chaque jour pendant tout l'été, croisant parfois Magnus avec qui elle parlait de plus en plus souvent. En septembre, elle avait déjà assez de connaissances pour imaginer des remèdes et des crèmes en utilisant une partie des plantes que Vénitouta avait cueillies au printemps, meilleur moment pour obtenir les substances actives d'une grande majorité de plantes. Un matin, avant d'aller voir sa formatrice et maintenant amie, elle se dirigea vers l'atelier de Magnus et lui demanda :

- *Salvé Magnus, j'ai une question pour toi. Saurais-tu fabriquer des petits pots en verre bleu comme tes perles ? Comme des balsamaires* pour les huiles mais plus bas et plus larges.*
- *Je ne sais pas encore, mais je pense que oui. De quelle taille les voudrais-tu ?*
- *Assez bas. Je veux qu'ils tiennent dans la main et que l'on se serve de ce que je*

* Petits flacons au col étroit.

mettrai dedans avec un doigt ou deux.
- *S'ils sont petits, ce sera plus facile à faire pour moi.*
- *Peux-tu ajouter un couvercle ?*
- *C'est plus difficile, mais je peux essayer plusieurs façons de fermer tes pots.*
- *Parfait, alors il m'en faudrait au moins six et même dix, si tu peux. Donne-les moi un par un si tu veux, mais je vais avoir besoin du premier très rapidement. Je pourrai te payer celui-là mais pour les suivants, il faudra que tu me fasses confiance car je n'ai pas envie d'en parler à mon père. Puis-je compter sur toi pour rester discret ?*
- *C'est promis et j'ai aussi totalement confiance en toi pour me payer plus tard.*

Inesa eut envie de se jeter au cou de Magnus par gratitude, mais elle se retint et lui sourit simplement en le remerciant. Elle aurait demandé la Lune au jeune orfèvre qu'il aurait dit oui de toute façon. Maintenant qu'il s'était engagé, Magnus devait réussir à tout prix. Il se rendit alors auprès de son grand-père, de son père et d'autres artisans de Salera Briva pour leur demander conseil sans dévoiler pour autant la nature de son projet. Avec eux, il trouva une solution pour poser et faire tenir un couvercle sur les pots. Il utiliserait des crochets coulissants et arrondis à leur extrémité inférieure qui viendraient se glisser sous le rebord des pots. Une semaine plus tard, il apportait un premier exemplaire à Inesa alors qu'elle se trouvait chez Vénitouta pour la suite de son apprentissage. En voyant le pot avec un petit couvercle en bois retenu par deux petits crochets, Inesa fut enthousiasmée du résultat. Elle se leva, prit les mains de Magnus et dansa une courte ronde avec lui en riant.

- *Tu es vraiment un artiste et une personne ingénieuse, Magnus. Je te paierai demain mais je voudrais te donner quelque chose en plus. Pour le moment, je ne sais pas quoi, mais je trouverai.*

Magnus avait envie de lui dire « *donne-moi ton coeur* », mais il se contenta de rester les bras ballants, à regarder Inesa comme un gros bêta. Vénitouta, qui était une grand-mère attentive et pleine d'expérience, comprit immédiatement ce qui se passait dans la tête et le coeur de son petit fils. Depuis qu'Inesa était venue apporter de la crème pour la main d'Arios, Vénitouta l'appréciait beaucoup. Elle avait également remarqué sa persévérance et sa détermination au long de ces semaines d'apprentissage des bienfaits des plantes. Elle décida qu'il fallait qu'elle force un peu le destin pour ces deux-là. Quand Inesa repartit chez elle, Vénitouta alla voir Cengolatius qui travaillait dans son atelier.

- *Il faut que je te parle, lui dit-elle d'emblée. Tu connais Inesa, la fille de Cuadru Quintus. L'estimes-tu ?*
- *Elle a l'air tout à fait recommandable, bien élevée, discrète même si je décèle chez elle un caractère solide et déterminé. Pourquoi ?*
- *Parce qu'il est temps que Magnus se marie et qu'il est fou amoureux d'elle.*
- *Comment le sais -tu ?*
- *Qu'est-ce que tu crois, ce n'est pas parce que je suis vieille que je suis aveugle. Il la regarde comme si elle était Épona.**
- *C'est vrai qu'elle est belle et tu as vu comme elle a soigné la main de père ? Elle aime les autres, c'est certain. Mais aime-t-elle Magnus à ton avis ?*
- *Inesa n'est pas insensible au charme de Magnus ni à ses qualités d'orfèvre. Mais elle ne le montre pas car elle est trop bien élevée pour ça. Moi, j'ai demandé à Arios s'il voulait devenir mon mari. Avec les Romains, il faut demander au père la permission d' unir les deux familles et*

* La déesse gauloise de la fécondité, protectrice de la famille.

l'amour n'est pas le plus important. Il y a des intérêts que l'on ne peut pas ignorer. J'ai aussi choisi Arios par intérêt, mais si on peut concilier amour et intérêt, alors c'est que l'union est bénie des dieux. Là, ce serait le cas. Il va donc falloir que tu demandes à Cuadru Quintus si Magnus peut épouser Inesa. C'est comme ça et pas autrement que tu deviendras grand-père ! Tu commences à te faire vieux mon fils, dit-elle de façon malicieuse en repartant. Elle voulait provoquer Cengolatius et lui montrer qu'il n'avait pas de temps à perdre.

- *J'irai le voir demain,* s'exclama Cengolatius du fond de son atelier, *mais je vais d'abord demander à Magnus s'il est d'accord !*

Laissant ses outils de côté, Cengolatius se dirigea vers l'atelier de Magnus pour éclaircir immédiatement la situation.

- *Magnus, Vénitouta vient de me parler d'une chose sérieuse, tu veux bien m'écouter un moment ?*
- *Oui, que se passe-t-il ?*
- *As-tu déjà pensé au mariage, mon fils ?*

Magnus rougit en entendant son père lui poser cette question. Voyant son embarras, Cengolatius ajouta :

- *En réalité, je sais que cela ne me regarde pas, mais si jamais tu avais un espoir du côté d'une jeune femme romaine, il faudrait que je fasse la demande pour toi auprès de son père. Les coutumes romaines sont moins directes que les nôtres, tu comprends ?*
- *Bien-sûr.*
- *Ta grand-mère pense que la fille de Cuadru Quintus serait une bonne épouse pour toi.*
- *Inesa ?*
- *Oui, je sais que tu la connais un peu. Est-ce que tu penses qu'elle serait une bonne épouse, une bonne mère de famille et qu'elle saurait gérer les affaires de ton futur foyer ?*
- *J'en suis absolument certain,* répondit Magnus plus vite qu'il ne l'aurait souhaité. *Elle est forte, vive, déterminée et aussi d'une grande douceur avec les autres.*

Devant les réponses spontanées de son fils, Cengolatius ne douta pas que Magnus était déjà amoureux d'Inesa. Il lui dit simplement :
- *Bien, si tu penses ainsi, demain j'irai demander à son père si on peut unir nos deux familles par ton mariage avec Inesa.*

Cengolatius retourna à son atelier, heureux d'aider son fils à fonder un futur foyer où les époux s'aimeraient vraiment. De son côté, Magnus éclata de joie quand son père fut parti. Il sauta, tourna en se répétant « *je vais me marier, je vais me marier avec la belle Inesa !* ».

Chapitre 11

Honnête envers soi-même et sincère avec les autres

Le lendemain, en fin de matinée, Cengolatius se présenta chez Cuadru Quintus.

- *Salvé Cuadru Quintus, excuse-moi de ne pas m'être annoncé auparavant, mais je voudrais te parler d'un sujet important sans tarder.*
- *Qu'y a-t-il de si pressé ? Un problème dans un de mes règlements ?*
- *Pas du tout, tout va bien entre nous côtés affaires. C'est même parce que cela va bien que je veux te parler d'avenir.*
- *Entre, dans ce cas.*
- *Voilà, depuis que tu es arrivé à Salera Briva, nous avons appris à t'estimer alors qu'à ton arrivée, nous te respections tout simplement. En fait, je veux dire qu'aujourd'hui, ma famille et moi te considérons comme un véritable ami. Tu es un honnête marchand et nous te sommes tous reconnaissants, une fois que tu nous as demandé de fabriquer des objets romains, de ne plus en*

ramener de tes voyages pour ne pas nous faire concurrence.

- *Oui, c'est une règle chez moi.*
- *Sachant tout cela, aujourd'hui, j'aimerais que nos deux familles soient plus que des familles amies en unissant ta fille Inesa à mon fils Magnus. Tu connais mon fils et tu sais de quoi il est capable.*
- *Effectivement, ton fils me plaît beaucoup. Il est vif, très consciencieux et excellent artisan.*
- *Et, je peux te le dire puisque tu sembles l'estimer, il apprécie sincèrement ta fille et veut la rendre heureuse. J'en ai parlé hier avec lui pour tester ses sentiments.*
- *Je suis très honoré de ta demande Cengolatius et j'aimerais aussi que nos famille soient unies, mais je dois décliner ta demande.*
- *Pourquoi ?*
- *Parce que j'ai promis Inesa au centurion qui est passé il y a quelques temps par ici. Le soir où nous avons dîné ensemble chez Lugulnos, je crois que je n'étais pas totalement lucide et je l'ai promise au centurion, trop heureux d'unir ma fille à un homme qui va certainement devenir sénateur à Rome. Un sénateur uni à une fille de marchand, c'est exceptionnel.*
- *Je comprends. Quand le mariage doit-il avoir lieu ?*

- *Dans un peu moins d'un an, le temps que le centurion décide s'il veut vivre à Rome ou à Alexandria lorsqu'il quittera l'armée.*
- *Alexandria ! Mais tu ne verras plus ta fille si elle part si loin !*
- *Je sais, et cela me désole réellement. Seulement, maintenant que j'ai donné ma parole, je ne peux plus la reprendre.*
- *En es-tu certain ? Ne peux-tu pas lui dire qu'elle était déjà engagée mais que tu ne t'en souvenais plus ?*
- *Non, je ne m'abaisserai pas à mentir. Au mieux, je peux lui dire que je n'avais pas toute ma raison et que j'avais trop bu.*
- *Mais cela doit se dire les yeux dans les yeux.*
- *Tout à fait. Je partirai d'ici quelques semaines pour mon prochain voyage d'affaires jusqu'à Rome. J'espère le trouver et lui en parler d'homme à homme. J'espère aussi qu'il ne m'en voudra pas trop, et surtout qu'il ne nuira pas à mon commerce s'il devient sénateur et qu'il m'en veut.*
- *Je ne crois pas qu'un sénateur s'intéresse vraiment à un marchand, aussi riche et talentueux soit-il !*
- *Tu as raison. Je fais encore une fois preuve de trop d'orgueil, comme lorsque je lui ai proposé de s'unir à Inesa.*

- *Bien, je n'ai donc rien à ajouter. Je vais annoncer la nouvelle à Magnus. Il sera déçu, mais ne t'en voudra pas, lui, tu peux être tranquille.*
- *Merci Cengolatius. J'irai te voir prochainement pour te passer plusieurs commandes afin de partir en voyage avec les merveilleux objets en bronze que tu fabriques. Mes clients romains en raffolent. Je commanderai également quelques bijoux à ton fils pour voir si mes clients en font grand cas aussi. À plus tard.*
- *À bientôt Cuadru Quintus. À ton retour, j'espère que tu nous annonceras que le centurion ne t'aura pas obligé à tenir ta promesse.*

Les semaines passèrent. L'automne arriva. Cuadru Quintus était sur le départ pour son long périple jusqu'à Rome. Il serait parti plusieurs mois en confiant la protection de sa femme et de sa fille à Servus. Le marchand reviendrait un peu avant le printemps, avec de l'huile et du vin et, à coup sûr, avec de nouveaux produits à faire découvrir aux habitants de Salera Briva et de ses environs. Il rentrerait aussi avec la réponse de Rufus Julius. Alors que Cuadru Quintus embrassait sa femme, Inesa sortit de la maison avec une boîte en bois dans laquelle se trouvaient six petits pots en verre bleu munis d'un couvercle retenu par deux petits crochets.

- *Tiens, papa. Peux-tu proposer ces crèmes à tes clientes romaines, s'il te plaît ?*
- *Qu'est-ce que c'est ?*
- *Celles-ci sont des crèmes pour la peau du visage, très riches et nourrissantes. Il faut les proposer aux femmes qui commencent à avoir des rides ou à celles qui ont la peau très sèche. Ces deux-là sont pour les petites brûlures ou les écorchures et ces deux dernières sont pour toi. Elles sont très légères et parfumées et te serviront à te laver les mains avant et après manger. Tu peux aussi t'en mettre sur le visage si tu as voyagé sur des routes poussiéreuses et que tu veux te nettoyer sans avoir le temps d'aller aux bains.*
- *Merci ma fille. Les pots sont vraiment jolis.*
- *C'est Magnus qui les a fabriqués. J'ai voulu que mes crèmes soient mises en valeur comme des bijoux. Une fois vides, les pots pourront servir à autre chose. Je te laisse fixer le prix de vente mais j'espère que tu me donneras ma part, même si c'est toi qui les as vendus ! Je*

dois payer Magnus pour les pots qu'il m'a avancés.

- Alors, paie-lui ce que tu lui dois avec l'argent que je vous laisse pour vivre pendant mon absence. Je te donnerai ta part comme à tout associé, ma fille. Une question, tout de même, ne crains-tu pas que les crèmes tournent à la chaleur ?
- Non, j'ai scellé les pots avec de la résine de pin.
- J'ai affaire à une associée de choix !
- Merci papa. Fais attention à toi et reviens vite.
- À très vite ma fille. À bientôt, ma femme.

Cuadru Quintus fit démarrer le chariot qu'il utilisait pour ses voyages. Histia et Inesa le suivirent du regard jusqu'à ce qu'il ait tourné au bout du chemin. Elles étaient habituées à le voir partir, mais un peu tristes toutefois qu'il ne reste pas auprès d'elles.

L'hiver arriva rapidement, avec ses courtes journées qui laissent peu de temps pour faire ce que l'on a à fabriquer ou à régler. Il faisait bon dans les maisons, mais un jour où le vent s'engouffrait dans les cheveux et jusque sous les manteaux de laine, Histia attrapa froid. Inesa dut mettre en pratique ses nouvelles connaissances pour faire baisser la fièvre qui faisait délirer sa mère, calmer la toux sèche qui lui brûlait les poumons et la gorge puis la fortifier pour que son corps arrive à vaincre le méchant virus qui la touchait. Heureusement, les amis de la famille apportèrent assistance aux deux femmes et à leur esclave qui se sentait un peu désemparé face à cette situation. Comme Inesa s'occupait de sa mère, l'esclave ne savait pas exactement ce qu'il devait acheter ou préparer à manger. Il avait de l'expérience mais manquait parfois d'idées. Aresagia, qui était venue voir ses amies, décida de les aider et fit porter des soupes et des plats qu'elle préparait avec soin pour sa famille et ses beaux-parents. Vénitouta fit aussi parvenir à Inesa d'autres plantes par le biais d'Aresagia en lui faisant expliquer comment les utiliser ou les appliquer. Fin janvier, Histia avait vaincu sa maladie, mais il lui fallait maintenant récupérer les kilos qu'elle avait perdus pendant les semaines où elle était restée alitée. En février, les jours étaient déjà plus longs et l'on espérait voir revenir bientôt Cuadru Quintus. Il se présenta à la moitié du jour, début mars. Les retrouvailles furent chaleureuses de la part d'Hisita et d'Inesa mais aussi de Servus.

- *Qu'as-tu ma femme ?* ne put s'empêcher de demander le marchand en voyant Histia un peu pâle.
- *J'ai été souffrante plusieurs semaines au coeur de l'hiver, mais ne crains rien, je vais mieux maintenant, grâce à Inesa qui a veillé sur moi comme une mère sur son enfant. Vénitouta et Aresagia ont apporté une grande aide et soulagé Servus aussi car il n'en menait pas large à vrai dire !*
- *Et toi, comment vas-tu ?*
- *Un peu fatigué par la route et fourbu d'avoir été secoué sur les chemins de pierres plusieurs semaines de suite. Mais une bonne nuit me rétablira. Sinon, je n'ai que de bonnes nouvelles. Les affaires ont bien marché. À Massalia j'ai trouvé et ramené pour vous des fruits en provenance de l'autre côté de la mer : des dattes ! Vous allez les goûter tout à l'heure. Pendant ces semaines de voyage, j'ai aussi beaucoup pensé et en te voyant un peu pâle, Histia, je pense avoir pris la bonne décision : je ne partirai plus si loin ni si longtemps.*
- *Comment vas-tu commercer alors ?*
- *J'ai organisé les choses comme il se doit, tu me connais. Je vais laisser les jeunes marchands se casser le dos sur les routes maintenant. Et plutôt que d'aller*

chercher les denrées et les objets pour les revendre ailleurs, je vais tout faire venir ici et repartir d'ici.

- *Concrètement, cela se passera comment ? demanda Servus.*
- *Nous allons construire deux entrepôts : le premier pour stocker les produits qui nous arriveront et le deuxième pour vendre nos produits. Les marchands avec lesquels j'ai déjà conclu un marché sur la route et à Rome viendront dans quelques semaines avec les marchandises que je leur ai achetées. Je leur ai bien-entendu parlé d'objets ou de denrées d'ici ou de pays plus au Nord et ils sont intéressés pour en acquérir. Ainsi, les achats et les ventes se feront ici désormais et je n'aurai plus besoin de courir les routes.*
- *Astucieux, mais si les marchands du Nord rencontrent ceux du Sud, ne crains-tu pas qu'ils se passent de ton intermédiaire ?*
- *J'y ai pensé aussi, car il faut être prudent. Mon idée est de jouer sur les saisons. Les marchands du Sud n'auront pas envie de s'aventurer par ici lors des mauvais jours. Je vais donc leur proposer de venir au printemps et en été. Les marchands du Nord pourront venir en automne et au début de l'hiver.*

- *Je crois que tu tiens là une bonne idée, Cuadru Quintus ! Tu seras à la croisée des chemins.*
- *Exactement. Je crois que notre avenir est assuré car j'ai encore d'autres idées pour accueillir les marchands.*
- *Et qu'en sera-t-il de mon avenir, père ?* demanda Inesa qui s'était retenue de poser la question pour ne pas troubler les retrouvailles.
- *Ma fille, ne t'inquiète plus. Je suis allé trouver Rufus Julius et le mariage ne se fera pas.*

La joie éclata sur le visage d'Inesa qui sauta au cou de son père. Histia reprit des couleurs à cette bonne nouvelle et même Servus se réjouit de ne pas voir partir Inesa qu'il considérait comme sa nièce.

- *Je vous expliquerai tout cela ce soir, mes chéries, si vous voulez inviter les amis qui vous ont aidées cet hiver.*
- *Oui, célébrons ton retour, papa !*
- *Et tu sais quoi, ma fille, tes crèmes dans leur pot bleu ont eu un énorme succès. Je les ai vendues à prix d'or !*
- *Justement, je dois t'apprendre quelque chose moi aussi. Pendant ton absence, j'ai utilisé mes crèmes et onguents sur d'autres personnes qui en ont parlé à leurs amis ou dans leur famille et*

aujourd'hui, les gens veulent m'acheter mes remèdes pour les avoir chez eux. Serais-tu d'accord pour les vendre ici aussi ?

- *Bien-sûr. Je ne pense pas que le vieux druide de Salera Briva en fabrique lui-même. Il n'y verra donc aucun inconvénient. Mais je te laisserai gérer la préparation des mixtures, la fabrication des pots avec le fils de Cengolatius et moi, je t'indiquerai juste le prix qui me semblera raisonnable de fixer par rapport au coût de chaque crème. L'argent des ventes sera pour toi. Si on m'avait dit à ta naissance que tu deviendrais marchande de crèmes, je ne l'aurais jamais cru !*

- *Je préfère que l'on dise « apprentie-medica* », car je n'en suis qu'au début.*

- *Mais oui, tu as raison, tu es une medica puisque tu élabores des préparations pour soigner les gens. Bientôt tu pourras préparer des breuvages aussi. Mais maintenant, allons déjeuner et goûter les dattes que je vous ai ramenées. J'ai une faim de marchand qui a voyagé sur les routes des mois durant !*

---

* Personne qui prépare des remèdes pour soigner.

Chapitre 12

L'amour, toujours l'amour

Faisant fi des conventions, Inesa n'attendit pas que Servus l'accompagne pour courir avertir Aresagia et Vénitouta qu'ils étaient tous conviés à dîner chez elle pour fêter le retour de son père. Elle confia aux deux femmes que son mariage avec le centurion n'aurait pas lieu, trop heureuse pour ne pas leur en parler. Vénitouta se sentit pousser des ailes à cette annonce et se précipita dans l'atelier de Cengolatius dès qu'Inesa fut repartie. Lorsque cette dernière arriva chez elle, Histia donnait les ordres à Servus pour disposer les lits dans le triclinium, ajouter des sièges et lui indiquer quoi préparer pour le dîner. Inesa aida le pauvre esclave en commençant à éplucher des légumes et à laver des fruits. Elle alla chercher des jeunes pousses d'herbes comestibles au jardin pour en faire une salade. L'esclave n'aurait qu'à s'occuper de la viande et des boissons. Le soleil était bas à l'horizon lorsqu'Arios et sa femme arrivèrent, les bras chargés de pots de miel et de confitures. Aresagia et Cengolatius se présentèrent avec Magnus et Cernos juste après, avec du vin. Avant même de dire bonjour, Cernos expliqua qu'il avait maintenant six ans et qu'il était devenu un homme. Magnus lui fit remarquer qu'un homme disait bonjour avant tout autre chose, ce qui fit comprendre au jeune garçon qu'il avait encore du chemin à parcourir avant d'être un véritable adulte. Magnus avait apporté des fleurs pour Histia et Inesa. Cuadru Quintus s'aperçut que pendant son absence, les deux jeunes gens s'étaient rapprochés et semblaient bien se connaître. Un peu inquiet, il en fit discrètement la remarque à Histia qui le rassura au sujet de cette proximité. Elle n'avait en rien affecté l'honneur d'Inesa ni celle de sa famille. Rassuré, Cuadru Quintus put raconter à ses amis sa rencontre avec le centurion.

- *J'ai eu du mal à le trouver mais je savais qu'il n'était pas très loin de Rome car tout proche de la fin de sa carrière militaire et déjà prêt à se lancer dans la course pour devenir sénateur. Lorsqu'il m'a vu, Rufus Julius m'a immédiatement reconnu et il a ri en voyant ma mine un peu contrariée de peur qu'il m'oblige à tenir ma parole quant à une union avec Inesa. Il a tout de suite abordé le sujet.*

- *Salvé Cuadru Quintus, je suis heureux de te savoir à Rome et en bonne santé. Pourquoi sembles-tu préoccupé ?*
- *C'est au sujet de ton mariage avec ma fille, je...*
- *N'en dis pas plus, mon bon ami, je crois que cette union ne peut pas avoir lieu.*
- *Ah oui, pourquoi ?*
- *Tout simplement parce que notre jugement, à toi comme à moi, n'était pas optimal sous l'effet de la boisson. D'ailleurs, soit dit en passant, quelle folle soirée ! Plus sérieusement, et sans vouloir t'offenser, tu comprendras qu'en tant que futur sénateur, je me dois d'épouser une fille de patricien* tout comme moi. Ceci n'enlève rien à tes qualités personnelles ni à celles de ta fille. D'ailleurs, je vais être sincère avec toi, après les militaires qui pacifient les nouvelles contrées de l'Empire, ce sont vous les marchands qui les faites vivre et qui diffusez notre belle culture romaine.*
- *Quelle façon diplomatique de refuser la main de ta fille,* plaisanta Histia.
- *Il veut devenir sénateur, je te rappelle !*
- *Il semble avoir les qualités pour.*

---

* Citoyen qui appartient à la classe supérieure depuis sa naissance dans la Rome antique.

- En tous les cas, après l'avoir entendu, je suis reparti persuadé d'être le Romain le plus important sur Terre, alors qu'il venait de m'expliquer qu'on ne mélange pas les torchons avec les serviettes !

Tout le monde éclata de rire à la façon qu'avait Cuadru Quintus de résumer la situation.

- J'aimerais intervenir, déclara soudain Cengolatius. *En tant que « torchon » bronzier, fils de « torchon » forgeron et père d'un jeune « torchon » orfèvre* (tout le monde s'amusa à l'entendre parler ainsi), *je voudrais officiellement te demander, cher Cuadru Quintus, la main de ta fille Inesa pour mon fils Magnus.*

Un grand silence s'imposa et tous les regards se tournèrent vers Cuadru Quintus.

- Je te remercie de me le demander selon la coutume romaine, Cengolatius, mais (redoutant un second refus, chacun retint son souffle, surtout Histia qui savait que son mari pouvait embobiner les gens avec un beau discours à la manière d'un sénateur), *mais,* continua Cuadru Quintus, *dans la mesure où nous sommes en Gaule et que certaines habitudes celtes perdurent encore dans certains domaines, notamment celui du mariage, je pense que le mieux est de*

demander son avis à la personne directement intéressée !

Un soupir de soulagement parcourut l'assemblée et tous regardèrent Inesa.

- *J'ai trop attendu ce moment pour retarder ma réponse, alors c'est un oui franc et massif. Si Magnus le veut, je veux l'épouser.*

Rougissant de la tête aux pieds, Magnus répondit :

- *Dès le premier jour où je t'ai vue, je t'ai aimée et même si j'ai mis du temps à m'en rendre compte, depuis que je le sais, j'en suis certain, oui Inesa, je veux t'épouser.*

La réponse de Magnus fut accueillie avec des « *Viva !* » et des applaudissements. Histia essuya des larmes d'émotion qui perlaient dans ses yeux puis éclata de rire quand elle vit que son mari la regardait étonné qu'on puisse pleurer dans un moment de joie. Le reste de la soirée, on ne parla que du prochain mariage qu'il fallait organiser au début de l'été, lorsque les jours seraient les plus longs. Chacun apporta une idée sur ce qu'il faudrait manger, comment décorer les tables, qui inviter…

Épilogue

Il n'existe pas de preuves permettant de déterminer si le mariage entre Inesa et Magnus a bien eu lieu. Les lecteurs les plus romantiques diront que oui, assurément ; qu'Inesa portait une robe de couleur orange, comme c'était la coutume romaine, car l'orange représentait le feu du foyer et que le foyer est aussi le nom de la maisonnée, d'une famille. Ils assureront aussi qu'ils vécurent heureux jusqu'à un âge avancé. Les plus réalistes diront peut-être que, même si le mariage a bien eu lieu, il n'est pas certain que Magnus soit resté fidèle et qu'Inesa ne l'ait pas répudié, à moins que ce ne soit elle qui soit tombée sous le charme d'un jeune et nouveau centurion de passage à Salera Briva... Mais peu importe, car à dix-sept ou dix-huit ans, est-on certain de ce que l'on veut pour la vie ? Le sait-on davantage à trente ou à cinquante ? L'important est d'aimer sincèrement au moment où l'on aime, de savoir que chacun évolue en grandissant puis en vieillissant ; que la vie nous met à l'épreuve, mais aussi que tous les moments d'amour que l'on a vécus ont bel et bien existé et ne pourront nous être retirés. Inesa était intelligente et bénéfique. Magnus était bienveillant et sincère. Ils s'aimèrent fort et longtemps, c'est certain. Des bardes chantèrent leur histoire, comme celle d'autres amants. Mille ans plus tard, troubadours et trouvères la chantaient encore. Car hier comme aujourd'hui, l'amour a toujours inspiré, voire dirigé les hommes. Il est au commencement de la guerre de Troie et bien plus tard et bien plus loin, à l'origine de la construction du Taj Mahal. Aujourd'hui, ceux qui ne sont pas rois offrent des fleurs, des chocolats ou envoient un sms pour dire « je t'aime, j'arrive » car l'amour motive toujours les coeurs. Il inspire les poètes, les chanteurs et inspirera pour toujours aussi les écrivains.

Bibliographie et sources historiques pour écrire ce roman :

- **Salbris au fil du temps** - M. Baudrillon édité par Ville de Salbris en 1993

- **Les fouilles de l'autoroute A85 entre Theillay et Saint-Romain-sur-Cher** - Sophie Krausz, éd. Les Amis de Sologne, 2003

- **Bagues et anneaux à l'époque romaine en Gaule** - Hélène Guiraud (article), site persee.fr

- **Le béton romain, secret de la longévité des structures antiques**, reportage France Culture - 10 janvier 2023

- **Construction d'une maison gauloise** - Musée d'Aquitaine - 2012 https://www.dailymotion.com/video/xyob29

- **Théophraste, Recherches sur les plantes** - Suzanne Amigues, éd. Belin

- **La Gaule romaine - Nouvelle Histoire de France** - Jacques Marseille, Dictionnaires Le Robert - 1997

Remerciements

J'aimerais remercier particulièrement Arnaud Amenta, de l'Office de Tourisme de Sologne à Salbris, grand spécialiste de la période gallo-romaine, qui a bien voulu relire cet ouvrage en y ajoutant des précisions éclairées.